KB024475

신곡

신곡

초판 1쇄 인쇄 2024년 6월 5일
초판 1쇄 발행 2024년 6월 10일

지은이 단테 알리기에리
옮긴이 김영진
펴낸이 남기성

펴낸곳 주식회사 자화상
인쇄,제작 데이타링크
출판사등록 신고번호 제 2016-000312호
주소 경기도 고양시 덕양구 꽃마을로 34, 1006호,1007호(향동동, DMC스타팰리스)
대표전화 (070) 7555-9653
이메일 sung0278@naver.com

ISBN 979-11-91200-94-2 03880

신곡

단테 알리기에리 지음 | 김영진 옮김

자화상

| 차례 |

Ⅰ. 지옥편(地獄篇)

Ⅱ. 연옥편(煉獄篇)

Ⅲ. 천국편(天國篇)

I

지옥편(地獄篇)

지옥으로 가는 문

단테가 인생의 무상(無常)함을 느끼며 깊은 숲속 같은 어둠 속을 헤매게 된 것은 중년의 고갯길에 들어선 35세 때의 일이었다.

때는 1300년 4월 8일이었다. 봄을 알리는 춘분이 가까워지고 부활절의 기쁨을 사흘 앞둔 성금요일 저녁 무렵, 단테는 자신이 어느덧 인생의 가시밭길 중턱에 이르렀음을 느끼면서 문득 소스라치게 놀랐다.

'어쩌다 이처럼 캄캄한 숲속을 헤매게 되었지? 그것은 아마 내가 신(神)의 올바른 길을 버렸기 때문일 거야.'

아픔과 공포로 가득 찬 마음으로 계곡의 끝에 이른 단테의 눈앞에 신의 인도를 알리는 푯말이 태양빛에 빛나면서 나타났다. 한 줄기 빛을 발견한 것처럼 새로운 힘과 용기를 얻게 된 단테는 천천히 앞으로 나아갈 수 있었다. 그가 계곡의 비탈길을 막 돌아 고갯마루에 멈춰 섰을 때 갑자기 한 마리 표범이 그의 앞을 막아섰다. 사치스런 유혹과 육욕(肉慾)의 달콤함을 상징하는 표범은 단테의 앞길을 이리저리 막으면서 그를 되돌아가게 했다. 그가 떠오르는 아침 태양을 바라보면서 표범의 두려움을 겨우 잊었을 즈음, 이번에는 그보다 더 무서운 굶주린 사자가 그를 잡아먹을 듯 으르렁거리며 나타났다. 권력과 야망을 상징하는 사자의 포효에 대기(大氣)조차도 무서워 떠는 것 같았다. 그리고 또 한쪽에서는 말라빠진 늑대 한 마리가 나타나 탐욕스러운 욕망의 숨결로 그를 삼킬 듯 노려보며 다가섰다. 순간 단테는 산마루에 오를 희망을 잃어버리고는 진퇴양난의 위기(危機) 앞에서 그만 정신을 잃고 말았다.

어렴풋이 정신을 되찾은 그 앞에 환상처럼 모습을 드러내는 것이 있었다. 단테는 생각할 겨를도 구원을 간청하며 소리쳤다.

"제발 소원입니다. 나를 좀 구해주십시오. 당신은 사람인가요, 귀신인가요?"

그가 대답했다.

"나는 지금은 인간이 아니지만, 전에는 인간이었노라. 내 조상은 롬바르디아 가문이며 양친의 고향은 만토바 지방이었다. 나는 율리우스 카이사르 말년에 태어났지만, 어진 아우구스투스 황제 치하의 로마에서 살았다. 나는 시인(詩人)으로, 트로이 전쟁의 〈아이네이스〉를 노래하기도 했지. 그런데 그대는 어찌하여 신들의 은총으로 충만한 저 산을 오르려 하지 않고, 고통으로 가득 찬 저 골짜기로 되돌아가려고 하는가?"

"그렇다면 당신이 바로 아름다운 언어들을 폭포수처럼 쏟아놓던 그 유명한 로마 최고의 시인 베르길리우스 선생이란 말인가요?"

단테는 부끄러운 마음으로 그에게 묻고는 이어 간청했다.

"오! 모든 시인의 명예로움이며 빛이신 분, 당신은 나의 스승이십니다. 내게 영예를 안겨준 아름다운 문체들은 오직 당신에게서 끌어내 온 것이었습니다. 불멸의 성현(聖賢)이시여! 나를 쫓고 있는 저 짐승들로부터 나를 구해주십시오. 저놈들은 나를 위협하여 내 혈관과 맥박을 떨게 하고 있습니다."

그는 눈물을 흘리고 있는 단테를 보며 대답했다.

"그대가 이 숲을 벗어나고 싶다면 다른 길을 택해야 할 것이다. 그 짐승들은 본성이 사악하고 해로워서 사람들이 그 길을 지나가지 못하게 방해할 뿐 아니라 죽이기까지 하기 때문이다. 그 천성이 본래 흉악하고 잔인하며 항상 피에 굶주려 먹어도 먹어도 만족을 모르고, 먹기 전보다 먹고 난 뒤에 더 허기져 하는 놈들이다. 앞으로 그 숫자는 더욱 많아지리니 결국은 사냥개 펠트로가 나타나 저놈들을 학대하여 죽일 것이다. 내가 이제 그대를 인도할 테니 나를 따르라. 나는 그대를 영원한 곳으로 안내할 터인즉, 거기서 그대는 절망의 외침을 들을 것이며 가책으로 고민하는 고대인들의 망령을 보리니 모두 제2의 죽음을 외쳐 구하는 것이다. 또한 연옥의 불꽃 속에서는 때가 되면 천국에 오르기를 기다리면서 열심히 속죄하는 무리를 보게 될 것이다. 그다음 그대가 축복받은 영혼들이 있는 천국으로 더 오르고자 한다면 그곳에서 나보다 훌륭한 영혼인 베아트리체가 그대를 직접 맞으러 올 것이다."

단테는 기쁨에 벅차서 대답하였다.

"당신이 이 세상에서 미처 알지 못하셨던 하느님의 이름으로 간청하오니, 나를 이곳에서 벗어나게 하여 당신이 말씀하신 대로 성 베드로가 지키는 천국의 문과 복되신 분들을 만나게 해주십시오."

그러자 그가 걸음을 떼어 단테는 그를 따랐다.

성금요일인 그날이 저물고 주위에 어둠이 덮이기 시

작했을 때, 단테는 또다시 자기 자신을 되돌아보면서 마음의 준비를 되새김했다.

단테는 과연 그를 따라나설 수 있는 능력이 제게 있는지 판단해 달라고 베르길리우스에게 겸허하게 청했다.

"오! 지극히 높은 예지를 갖춘 시성(詩聖)이시여, 지금이야말로 내게 힘을 주소서."

단테는 말하기 시작했다.

"나를 인도하는 스승이시여, 이 험한 길을 가게 하기 전에 과연 내게 그런 능력이 있는가를 헤아려주십시오. 당신이 노래했던 〈아에네아스〉에서 아에네아스가 육체를 가진 채로 영겁의 세계를 여행했다고 기록하고 있고, 성 바오로도 믿음을 전하기 위하여 지옥에 내려갔다고 하지만 나는 아에네아스도 성 바오로도 아니지 않습니까? 내게 그만한 자격이 있다고 누가 믿어주겠소? 오히려 그것이 내게 철없고 죄스러운 일이 아닐는지 두렵기만 합니다. 이는 당신이 나보다 더 잘 아시는 일이 아닌가요?"

"단테, 그대는 부질없는 두려움에 사로잡혀 있다. 그대의 영혼이 겁에 질려 연약하게 되어 마치 그림자를 잘못 보고 당황하는 짐승처럼, 하고자 하던 일을 되돌려서는 안 될 것이오."

마음 넓은 베르길리우스는 그를 위로하면서 자신이 왜 단테를 위해 보내졌는지 설명했다.

베르길리우스는 하느님을 모르던 시대에 살았으므로 친구도 지옥도 아닌 림보(죽은 자가 잠시 머무는 곳)에 있었다. 그때 하느님의 은총으로 빛나던 여인 베아트리체의 목소리가 들려왔다.

"오, 만토바의 청순한 영혼이여! 당신의 명성은 아직도 세상에 이어지고 이 세상이 끝날 때까지 전해질 것입니다."

그녀는 별빛보다도 더 빛나는 눈동자로, 천사와 같이 부드러운 목소리로 말했다.

"나와 친한 벗이자 불행했던 그분이 인기척도 없는 산모퉁이에서 길이 막혀, 무서운 나머지 돌아가려 하고 있습니다. 내가 천국에서 들으니 그가 이미 길을 잃고 헤매고 있다는데, 그를 구하고자 달려왔으나 이미 늦었을까 두렵습니다. 자, 어서 가서 그대의 말씀과 그분을 구원할 수 있는 모든 수단을 쓰시어 나에게 위안을 베풀어주십시오. 그대를 보내드리는 나는 베아트리체입니다. 그대가 돌아가고자 열망하는 복된 곳에서 왔답니다. 내가 나의 주님 앞으로 돌아간다면 나는 그대에 대한 찬사를 아끼지 않을 것입니다."

베아트리체의 눈에는 눈물이 이슬방울처럼 맺혔다.

그녀를 진실로 사랑한 단테가 그녀로 인해 구원받을 수 있도록 배려한 성모 마리아께서, 성녀 루치아를 통해 그녀에게 자비를 베푸셨음을 눈물에 젖어 이야기한 것이다.

베르길리우스는 단테에게 이 말을 하면서 용기를 북돋아주었다.

"축복받은 세 여인(성모 마리아, 루치아, 베아트리체)이 하늘의 궁전에서 그대 편을 들어 마음을 쓰고 있으며, 나의 말이 그대에게 무한한 행복을 약속하고 있는데 그대는 두려워 떨고만 있겠는가? 어찌하여 그대는 겁을 먹고 마음속에 열정과 담백함을 지니지 못하는가?"

단테는 마치 밤 추위에 머리를 숙이고 움츠렸던 꽃들이, 아침 햇살을 받아 활짝 피고 줄기가 곧게 서듯이 용기를 얻었다.

베아트리체! 그 이상으로 그가 힘을 얻을 수 있는 것이 또 어디에 있단 말인가.

"당신의 말씀은 내 마음을 가다듬게 하시어 내가 그 여인의 뜻을 따르게 하였습니다. 이제 가십시다. 당신은 나의 인도자이시며 주인이십니다. 스승이시여, 이제 당신과 나의 뜻은 오직 하나일 뿐입니다."

단테의 말이 떨어지자 베르길리우는 걸어가기 시작했다. 단테는 이제 황량하고도 깊고 거친 길로 서슴없이 들어서게 된 것이다.

나를 거쳐 슬픔의 나라로 들어가거라
나는 영겁의 고통으로 가는 문
나는 영원히 버림받은 자들에게로 가는 문

정의는 지존하신 창조주를 움직여
성스런 힘과 최상의 지혜, 그리고
태초의 사랑으로 나를 이루었도다

나보다 먼저 청조된 것이란 영원한 것뿐이니
나는 영원토록 남으리라
여기 들어오는 너희는 온갖 희망을 버릴지어다

지옥문 꼭대기에 적혀 있는 퇴색된 글씨를 보고 단테는 두려움에 떨었다. 베르길리우스가 단테의 손에 그의 손을 얹어 감싸주자 단테는 안도감을 느꼈다.

"자, 이제 신의 모습을 잃어버린 고통스러워하는 무리를 보러 가세."

단테는 스승의 뒤를 따라 비밀스러운 어둠 속으로 발걸음을 옮겼다.

지옥문 안으로 들어서자마자 캄캄한 어둠이 그들을 감싸면서 영문 모를 한숨과 울부짖음 그리고 뼛속을 갈라놓는 통곡이 가슴을 파고들어 단테는 그만 눈물을 흘리기 시작했다.

저마다 다른 언어와 무시무시한 고함 소리, 말 못 할 고통을 호소하는 신음 소리와 성내면서 울부짖는 비명 소리, 목쉰 소리, 손바닥을 치며 발을 구르는 저 소리는 대체 무엇이란 말인가? 그것은 마치 밤낮 구별 없이 뒤엉켜 먹칠해진 하늘에 떠돌고 있는 회오리바람 속의 모래알과도 같은 것이었다.

단테는 빠져나갈 수 없는 공포로 머리를 움켜쥔 채 울부짖었다.

"스승이시여, 귀청을 울리는 저 소리는 무엇이며, 끝없는 고뇌에 사로잡혀 괴로워하는 저 무리는 대체 뭡니까?"

"저 한스러운 꼬락서니들은 수치도 명예도 없이 일생을 살아온 가엾은 영혼들의 모습일세. 저들 중에는 데에는 신에게 충성도 반역도 하지 않고 오직 자기 욕심만을 위해 산 타락한 천사들도 섞여 있지. 하늘은 이들 때문에 천국이 더럽혀질까 봐 내쫓았는데 그들이 자기보다 더 죄가 더 무거운 사람들만 봄으로써 자기의 죄를 잊고 득의양양해지면 안 되기 때문에 깊은 지옥에서도 그들을 받아들이기를 거절한 것이지."

"그렇다면 어찌하여 저토록 괴로워하고 있습니까? 저들을 괴롭히고 있는 것이 도대체 무엇이지요?"

"저들은 이처럼 어둡고 별빛 하나 없는 곳에서 언제까지나 미로를 헤매기보다는 오히려 지옥의 구멍에라도 틀어박혀 죽어버리고 싶은 심정인데, 그것마저 뜻대로 되지 않기 때문이지. 그들에게는 천국에 있는 사람들은 물론이고 지옥에 있는 사람들마저 부러워하며 통탄하고 있는 거라네. 자, 이제 그만 떠나보세."

베르길리우스를 따라서 다시 발걸음을 옮겼을 때, 단테는 장례식의 깃발을 선두로 걸어가고 있는 기나긴 행렬과 마주쳤다. 그것은 죽음의 행렬로 바람처럼 빠르게 그들 앞을 지나갔다.

죽음의 행진을 계속하고 있는 그들은 모두 신의 가르침을 배반하여 지옥으로 가는 자들로 아무것도 걸치지 못한 알몸 그대로의 가련한 모습이었다.

그들은 벌 떼한테 쫓기면서 피를 흘리고 있었는데, 그들의 얼굴은 흘러내리는 눈물과 피로 범벅이 되었고,

벌 떼로 뒤덮여 그 모습조차 알아볼 수 없는 몰골을 하고 있었다.

두 사람은 어느덧 죽음의 세계로 들어서는 입구에 있는 강, 슬픔과 근심의 강으로 불리는 아케론 강가로 나왔다. 단테는 많은 사람이 강변에 앉아있는 것을 보고 물었다.

"스승이여, 저들은 대체 누구이며 어찌하여 저 강을 건너려 합니까?"

"좀 더 그쪽으로 가까이 가면 저절로 알게 될걸세."

이 말에 단테는 더 이상 아무것도 묻지 못하고 묵묵히 그저 따라갔다. 그때 아케론 궁의 백사공 카론이 백발을 휘날리며 배를 저어 오면서 외쳤다.

"이 저주받을 망령들아! 꿈에라도 하늘을 다시 보리라고 생각지는 말지어다. 나는 네놈들을 저쪽 강기슭에 있는 불가마와 얼음장만이 가득한 곳에 처넣으려고 왔노라!"

입으로 악마의 거품을 뿜으면서 호통을 치던 카론이 단테를 보자,

"웬 놈이냐? 너는 살아 있는 영혼이 아니더냐? 죽은 자들의 무리로부터 썩 떠나지 않고 무얼 꾸물거리고 있느냐?"

단테가 멈칫거리는 것을 보고 카론은 다시 소리를 질렀다.

"네놈들은 죽은 자들로부터 떠나서 다른 길을 돌아 딴 나루터로 건너도록 해라. 거기에는 이보다 가벼운 배가 있으니까 말이다."

이때 그의 스승 베르길리우스가 앞에 나서며,

"이보게 카론, 그렇게 성만 내지 마시게. 이 사람은 하느님의 뜻에 따라 여기를 통과하도록 원하고 있으니 더 이상 묻지 말고 건너가게 해주오."라고 타이르자, 납덩어리 같은 얼굴에 불꽃을 담고 있던 카론은 겨우 그의 눈길을 가라앉히며 잠잠해졌다.

그러나 그의 모습과 호통을 들은 죽음의 무리는 안색이 변해 이를 갈면서 저주스러운 비명을 지르기 시작했다.

이 벌거벗고 지친 무리는 하느님과 그들의 어버이, 또 온 인류와 그들이 태어난 장소와 시간까지 저주하고 있었다. 지옥의 악마 카론은 이글거리는 눈으로 그들을 몰아세우고는 늑장을 부리는 사람들을 노로 후려치며, 가을날 나뭇잎 날리듯이 아담의 저주받은 후손들을 끌고 갔다.

이 죽음의 혼들이 갈색으로 물든 강 물결을 헤치고

가는데, 강기슭에 채 닿기도 전에 저편에는 또다시 몰려든 영혼들이 벌 떼같이 모여 울부짖었다.

스승 베르갈리우스가 말했다.

“저걸 보게. 하느님을 배반하여 그분의 노여움 속에 죽음을 맞이한 자들이 모두 몰려드는 저 꼬락서니를! 저들이 서둘러 나룻배를 타려는 것은 이미 구원의 희망이 없음을 알고 차라리 지옥으로 빨리 가서 형벌이나 받고 말자고 아예 단념했기 때문이라네. 죄 없는 영혼이 이곳을 건너는 일은 절대로 없지. 그러니 자네도 카론의 잔소리를 이해할 만할 걸세.”

그가 말을 마치자 갑자기 그 암흑의 들판이 심하게 요동쳤다. 무서운 공포가 단테를 짓누르며 실신케 했다.

눈물로 젖은 대지에 원망의 바람이 일고 번갯불이 내려치자 단테는 그만 정신을 잃고 그대로 쓰러지고 말았다.

림보

갑자기 무서운 뇌성벽력이 단테의 깊은 잠을 깨웠고, 이내 그는 자신이 이미 아케론강을 건넜음을 깨달았다.

이제 그들은 아비규환의 비명이 끊임없이 메아리쳐 오는 비탈의 골짜기 가장자리에 다다른 것이다. 그곳은 어둡고 깊고 안개까지 자욱해서 골짜기 밑을 바라보려고 해도 분간해낼 수 있는 것이 아무것도 없었다.

"자, 이제 저 아래 빛이 없는 무명세계로 내려가보세."

그의 스승 베르길리우스가 파랗게 질린 모습으로 말하자 단테는 온몸이 오그라드는 것 같았다.

베르길리우스는 자신의 안색이 변한 것은 두려워서가 아니라 그곳에 있는 자들의 비탄에 측은함이 들어서라고 단테를 위로하고는 그를 인도하였다.

단테는 지옥계를 원추형을 뒤집어 세워놓은 깔때기

모양으로 묘사하고 있었다. 위에서부터 차례로 제1옥(獄), 제2옥과 같이 점점 깊어져서 제9옥까지 이른다. 여기서 제1옥을 림보(Limbo)라고 하는데 지옥에 속하는 곳은 아니다. 제2옥부터 제5옥까지를 상부지옥(上部地獄), 제6옥에서 제9옥까지를 하부 지옥으로 구분한다. 죄가 무거울수록 깊이 떨어지는데 제9옥에는 지옥의 마왕(魔王)인 루치펠이 군림하고 있다.

"단테, 그대가 자금 있는 이곳은 림보라네. 여기에 있는 자들은 죄를 짓지는 않았네. 덕을 쌓기도 했지만 그것만으로는 충분치 못한 경우이지. 이들은 그대가 믿고 있는 신앙이 없어 세례(성세상사)를 받지 못한 것이지. 그리스도가 탄생하기 이전에 태어나서 하느님을 공경하지 못했던 사람들도 포함되는데, 나도 그중 하나라네. 비록 세상에서 훌륭하게 살았다고 하더라도 전능하신 하느님을 믿지 않았거나 우러러보려고도 하지 않은 자들은 후에 천국에 가서 하느님을 대면할 수 없기 때문이지. 이것이 여기 모여 있는 우리의 슬픔이고 희망 없는 희망 속에서 살아야 하는 까닭이라네."

단테는 비로소 그토록 훌륭한 사람들이 왜 이곳 림보에 살아갈 수밖에 없는지 깨닫고 깊은 슬픔에 잠겨 스승에게 다시 물었다.

"스승이시여, 자신의 공이나 타인의 공덕으로 이곳을 벗어나 축복을 받은 자는 없었나요?"

"아니, 내가 이곳에 오게 된 다음에(베르길리우스는 B.C. 19년에 사망했음) 바로 승리의 왕관(표적)을 머리에 쓰신 전능하신 분(예수 그리스도)이 이곳에 임하시는 것을 보았지. 그분은 인류 최초의 아버지인 아담의 영혼과 그의 아들 아벨, 노아, 모세, 아브라함, 다윗, 이스마엘 그리고 그 후손들과 라헬 등 수많은 영혼을 구하셨네. 그들은 전능하신 구세주가 임하시기를 고대하면서 기도했기 때문에 모두 구원받은 것인데, 인간의 영혼으로 그들보다 먼저 구원받은 자는 아무도 없다네.

이러한 이야기를 나누면서 그들은 발걸음을 멈추지 않고 점점 더 깊숙이 들어갔다.

그러자 아득히 먼 곳에서 어둠을 쫓는 한 줄기 빛이 흘러나오는 것이 보였다. 그 빛은 그리스도교를 알지 못했지만 지혜에 뛰어났던 학자와 시인들의 빛이었다.

"아, 이처럼 어둠침침한 곳에서도 학문과 예술에 뛰어난 영혼들의 빛은 언제까지나 사라지지 않고 그토록 빛나는 것인가요?"

단테가 감탄하는 소리에 스승이 대답했다.

"세상에 떨쳤던 저분들의 명성은 천상에서도 은총을

받아 이토록 돋보이는 것일세."

바로 그때, "저 위대하신 시인을 찬양할지어다. 이곳을 떠났던 그의 영혼이 다시 돌아왔노라."라는 소리가 들렸다.

잠시 주위가 조용해지자 네 사람의 그림자가 그들에게 가까이 다가오는 모습이 보였다. 베르길리우스는 그들이 누구인지를 단테에게 설명했다.

"맨 앞에서 손에 칼을 들고 왕자처럼 오고 있는 사람을 보게. 그가 바로 희랍 최고의 시성(詩聖) 호메로스일세. 그다음이 풍자 시인인 호라티우스, 세 번째가 오비디우스, 그리고 맨 마지막이 루카누스라네."

단테는 모든 시인의 우상인 이 다섯 영웅들을 향하여 인사하였으며, 그들이 자신을 무리에 넣어주어 여섯 번째의 성현(聖賢)이 되는 영광을 부여받게 되었다고 고백하였다.

단테는 이들과 함께 학문의 성(城)이라 불리는 커다란 성곽 밑에 이르렀다. 그 성곽 주위에는 아름다운 강물이 흐르고 있었는데, 그 강을 건너 안으로 들어가 일곱 개의 성문을 지났다. 많은 학자와 위인이 성안을 거닐며 이야기하고 있었다.

그 광경을 본 단테는 꿈속을 헤매는 듯한 황홀감을

느꼈다.

거기에는 헥토르와 아이네이아스 등 수많은 동료와 함께 있는 엘렉트라, 줄리어스 시저, 카멜라와 펜테실리아 그리고 그의 딸인 라티니아와 함께 앉아 있는 라티누스 대왕, 부르투스 등 수많은 위인이 있었다.

그들 한복판에 철학자들의 모습이 보였고 모든 현자의 스승, 즉 철학의 족보에서 최고의 왕좌를 차지하는 지혜인의 스승 아리스토텔레스가 모든 이의 존경을 받으며 앉아 있었다.

그 옆에 소크라테스, 플라톤, 데모크리토스, 디오게네스, 아낙사고라스, 탈레스, 엠페도클레스, 헤라클레이토스, 오로페우스. 키케로, 세네카, 리노스, 도덕가이자 기하학자 유클리드, 프톨레미우스, 히포크라테스, 아비첸나, 칼레노스의 모습까지 보였다.

그의 스승이자 안내인 베르길리우스는 다시 단테를 인도하여 그 고요한 성을 빠져나와 다른 길로 접어들었다. 그곳은 이제까지와는 달리 빛도 한 점 없고, 공기마저 부들부들 떠는 곳이었다.

지옥의 심판

단테는 베르길리우스에 이끌려 제1옥 림보에서 제2옥으로 내려왔다. 그곳은 전보다 훨씬 비좁았고, 울부짖는 소리와 고통스런 비명이 메아리쳤다.

정문에는 크레타 섬의 왕이었던 신화적 인물 미노스가 무서운 이빨을 드러낸 채 버티고 있었다. 미노스는 그곳을 지키면서 들어오는 자마다 하나하나 심판하였다.

그의 앞에 와서 벌벌 떨며 고백하는 자의 죄가 얼마나 무거운가를 헤아려 어느 지옥으로 갈지 자리를 정해주는 것이다. 이때 미노스는 그의 꼬리를 휘감아 선고하였는데, 그 횟수로써 몇 옥으로 떨어뜨릴 것인가를 알 수 있었다.

미노스가 하던 일을 팽개치고 단테에게 말했다.

"이 고통스러운 피난처로 들어온 자여! 그대는 어떻

게 여기에 들어왔으며 누구를 믿고 들어가려 하는가? 문이 넓다고 해서 안심할 수 있을 것 같은가?"

그의 스승 베르길리우스가 막아서며 대답했다.

"무슨 말을 그렇게 하는가? 하나님의 뜻에 의해 들어온 그를 방해하지 말라. 뜻하시는 대로 이루시는 저 높은 분께서 원하시는 일이니 더 이상 묻지 말라."

그때 단테는 귀를 갈가리 찢어놓는 끝없는 통곡을 듣고, 이내 자신이 비탄의 골짜기, 그 벼랑에 와 있음을 알았다. 폭풍에 시달리는 바다가 울부짖는 곳으로, 죽어도 쉬지 않는 지옥의 태풍이 휘몰아치면서 죄 많은 영혼들을 억세게 후려쳐 괴롭히고 있었다. 그 죄 많은 무리는 허물어진 벼랑 끝에 다다랐을 때 비명, 한탄, 통곡을 하면서 하느님의 권능을 저주했다.

단테는 이들이 욕망에 사로잡혀 이성을 저버리고 사음(마음이 사악하고 음탕함)을 일삼은 자들임을 한눈에 알아보았다.

이들은 마치 겨울철 하늘에 찌르레기들이 무리지어 날아가듯 지옥의 태풍이 그 사악한 영혼들을 몰아쳐 아래로 위로 쫓고 후려치므로 휴식도 없이 끊임없는 고달픔에 시달리고 있었다.

단테는 마치 슬픈 노래를 부르며 기다란 선을 하늘

에 그리고 날아가는 학들처럼, 슬피 울면서 폭풍에 시달리는 그들의 모습을 보면서, 그들에게는 털끝만 한 희망조차 없음을 느꼈다.

"스승이시여, 저기 저 캄캄한 질풍에 시달리고 있는 자들은 도대체 누구입니까?"

"맨 앞에 있는 여인이 아시리아의 여왕 세미라미스라네. 그녀는 음란함으로 가득 차 쾌락을 법으로 허용하기까지 했지. 그다음이 남편 시카르바스의 시체 위에서 육욕을 불태운 디도, 그 뒤를 따르는 자가 클레오파트라일세. 자, 보게. 저기 헬레네가 보이지 않는가? 또 그녀 때문에 오랜 싸움을 하여 몸을 망친 아킬레우스도 있네."

베르길리우스는 그 밖에도 파리스와 트리스탄 등 수많은 망령을 가리키면서 사랑과 애욕 때문에 고통받는 그들의 사연을 들려주었다.

"스승이시여! 저들에게 한마디 했으면 합니다. 저렇듯 가볍고도 슬프게 바람에 날리는 두 영혼에게 말입니다."

"저들이 지나가거든 저들을 몰아쳐 이 지옥으로 떨어뜨린 사람의 이름으로 저들을 부르거라. 그러면 멈출 것이다."

그때 한차례의 거센 바람에 휩쓸려 그들이 되돌아오자 단테가 다정하게 불러보았다.

"피로해 보이는 영혼이여, 지장이 없으면 멈추어 이야기합시다."

한 쌍의 비둘기가 사랑의 보금자리를 찾아들듯이 디도와 카인이 공중을 도는 무리로부터 더러운 하늘을 가로질러 단테에게로 돌아왔다.

"오! 고결하고 친절하고 착한 세상 사람이여! 이 어두운 곳을 돌아다녀 피로 세상을 더럽힌 우리들을 찾아주셨습니까? 그대는 사악한 우리를 위해 동정을 아끼지 않으시니 그대를 위해 주께 평안을 빌겠소. 바람이 잠시 멈추는 동안 무엇이든 물어도 좋소. 내가 출생한 고장은 고요한 태양이 길을 흐르는 강기슭이었소. 사랑은 다정한 가슴 속에 갑자기 꽃피는 것이기에 내 사랑의 정열은 내 육체를 사로잡았소. 사랑은 주고받는 것이라, 그가 기쁨에 못 이겨 나를 사로잡으니 우리는 지옥에서도 한 뜻이요, 사랑은 우리 둘 모두를 죽음으로 이끌었소. 이곳에서 카인은 우리 둘의 생명을 빼앗은 자를 기다리는 중이요."

이 말을 들은 단테가 머리를 숙이고 괴로워하니 스승이 그 연유를 물었다.

"무엇을 생각하느냐?"

"참으로 다정다감한 사람들이 아닌가요. 이들의 사랑은 순진하고 혈기 넘치건만 이런 슬픔에 빠져야 한다니 비통합니다."

그리고 다시 한번 그들을 보고 말했다.

"프란체스카여, 그대가 여기서 고민하는 것을 보니 가슴이 아파 눈물을 막을 수 없소. 하지만 말해주오, 사랑이 어떻게 그대를 유혹하여 이다지 치명적긴 길로 이끌었는지를."

그녀가 대답했다.

"불행한 때에 행복한 날을 되새기는 것은 잃어버린 행복에 대한 이중의 슬픔이 됩니다. 당신의 스승은 그 연유를 알고 있으실 텐데, 당신이 진정 우리를 동정하여 우리의 사랑의 발단을 알고자 한다면, 슬프지만 이야기하겠소. 놀이를 즐기던 어느 날 우리는 란슬로트의 시를 읽었소. 사심도 거리낌도 없었소. 이 고상한 이야기(아더 왕의 영웅담과 연애담)를 구구절절 읽어 나가다 우리는 서로 시선이 마주치고 얼굴색이 변하여 갔소. 한 순간에 우리의 자제심과 정열이 뒤집혀버렸소. 그 책의 대목 중 여주인공의 달콤한 미소가 애인의 키스를 받는 데서, 나와 함께 있던 이가 생사를 초월한 떨리는 키스를 퍼부었다오. 그 책의 저자가 포주가 된 셈이지요. 그날, 그 이상을 읽을 수 없었소."

그녀 앞에 바울의 영혼이 어찌나 슬프게 우는지, 단테는 정신이 아찔하고 괴로움에 그의 마음이 짓눌려 잠시 정신을 잃었다.

그가 마음의 안정을 되찾아 정신을 차리자 어느새 자신이 제3옥(獄)에 와 있음을 알게 되었다. 그곳에서는 처음부터 끝까지 변함없이 비가 퍼붓고 있었다.

그 저주스런 빗속에는 큰 우박덩어리가 섞여 있었으며, 더러운 물과 암흑의 대기(大氣)에서 쏟아지는 눈이 휘몰아쳐 그것들이 퍼부어지는 바닥은 악취로 가득하였다.

제3옥의 길목에는 지옥의 문지기 케르베로스가 지키고 있었다.

머리가 셋이나 달리고, 꼬리가 뱀처럼 생긴 개 형상의 케르베로스는 망령들이 지상으로 돌아가지 못하도록 파수를 보고 있었다. 그놈은 세 개의 목구멍을 벌려 개처럼 짖으면서 손톱을 길게 기른 손으로 할퀴고 물어뜯어 망령들을 갈기갈기 찢어놓기도 하였다.

억수처럼 퍼붓는 빗소리와 케르베로스의 개처럼 울

부짖는 소리가 단테와 베르길리우스를 막아섰다.

베르길리우스는 덧니를 드러내며 입을 벌리고 있는 케르베로스를 향해 흙을 한 움큼 쥐어 처넣었다. 그러자 마치 굶주려 짖어대던 개가 먹이를 물고 나서 급하게 삼키느라 잠잠해지듯 조용해졌다.

그때 무거운 빗줄기를 맞아 모두 엎어져 있는 망령들 중의 하나가 몸을 일으키려 애쓰며 말을 걸었다.

"지옥으로 여행 가는 분이여! 나를 알아보겠소? 당신은 내가 죽기 전에 피렌체에서 살고 있지 않았던가요?"

단테는 그 말을 듣자 깜짝 놀라 발걸음을 멈추었다.

"그렇기는 하오만 나는 당신을 처음 보는 것 같소. 그대가 누군지, 왜 이런 모진 형벌을 받고 있는지 말해보시오."

그는 자신의 이름은 치알코라고 밝히면서 말했다.

"그대가 살고 있는 피렌체 사람들이 나를 가리켜 치알코(돼지라는 뜻)라고 불렀지요. 당신이 보시다시피 이 빗속에서 시달리고 있는 것은 줄기찬 탐욕 때문이라오. 여기 있는 다른 이들도 모두 탐욕으로 인해 똑같은 벌을 받고 있는 것이오."라고 말하고는 입을 다물어버렸다.

단테는 그의 고통을 함께 슬퍼해주면서 피렌체의 시

민들이 서로 갈라져 싸우는 이유와 결국 어떻게 될지 물어보자, 그는 피비린내 나는 내전이 3년 동안이나 계속될 것임을 예언하면서 시민들의 마음속에 있는 교만과 시기 그리고 탐욕이라는 세 개의 불꽃이 전쟁의 불길을 타오르게 하는 거라고 말해주었다.

단테가 기벨리니당(黨)의 파라나타와 겔프당(黨)의 덱기아이오드가 지금은 어디에 있는지에 대해서도 묻자 치알코는, 그들은 더 깊숙한 지옥에 처박혀 있다고 전해주었다.

단테가 만약 세상으로 다시 나가게 된다면 소식을 전해줄 것을 부탁하며 더 이상 말할 기운을 잃고 다시 쓰러져버렸다.

그가 쓰러지는 모습을 보고 베르길리우스는 단테에게 말했다.

"천사의 나팔소리가 울려 퍼지는 최후의 심판 그날까지 저들은 일어서지 못하고 고통 속에 쓰러져 있게 되지. 그러나 그날에는 누구나 자신의 슬픈 무덤을 다시 찾아 자신의 육체와 몰골을 되찾고 영원한 심판의 소리를 듣게 될 걸세."

그러곤 베르길리우스는 망령들과 비가 뒤섞여 질펵거리는 더러운 늪을 천천히 헤쳐 나갔다.

"그렇다면 이들의 고통은 최후의 심판 이후에 더 커질까요, 작아질까요, 아니면 지금처럼 줄곧 마찬가지이겠습니까?"라고 단테가 다시 묻자 베르길리우스는 "모든 것이 완전해지면 더 뚜렷해지는 것과 마찬가지로 최후의 심판 후에는 기쁜 일에는 더더욱 희열을 느낄 것이요, 괴로운 일에는 한층 더 고통이 가혹해질 것일세."라고 대답하였다.

그들은 다시 내리막길에 들어섰는데 거기서 이들은 탐욕의 상징인 플루톤을 발견하였다.

인색한 수전노들과 뭐든 낭비해버린 자들이 있는 제4옥의 길목에서 플루툰은 목쉰 소리로, "오, 사탄 마왕이시여, 사탄이여."를 외치고 있었다.

베르길리우스는 단테가 겁먹지 않도록 위로하면서 노기에 찬 그놈의 얼굴에 대고 소리쳤다.

"닥쳐라, 저주스러운 늑대야! 너의 분노로 네 몸을 불태우려 하는가? 이 지옥의 밑바닥까지 내려가는 데에는 까닭이 있는 것이니, 이것은 대천사 성 미카엘이 주께 거스른 사탄을 물리치게 한 저 하늘에 계신 분께서 바라시는 바로다."

그 말을 듣자 그 잔인한 맹수(플루톤)는 마치 바다에 떠 있던 배가 센 바람을 맞아 돛대가 부러지고 돛폭이 휘말려 배 위로 떨어지듯 힘없이 쓰러져버리고 말았다.

단테는 지금까지 그가 보았던 죄악의 고통과 벌을 상기하며 몸서리치곤 하느님의 정의가 무엇인지, 그리고 왜 그 같은 죄악이 인간들을 그토록 파멸로 이끄는지 두려워하며 제4옥의 골짜기로 접어들었다.

그러나 단테는 그곳에서 또다시 경악을 금치 못할 광경을 목격했다. 거기에는 헤아릴 수 없을 만큼 많은 무리가 카릿디의 세찬 물결과도 같은 소용돌이에 휘말린 체 고함을 지르면서 우글거리고 있었다.

그들은 두 패(절약과 낭비)로 나뉘어져 무거운 짐(금화 주머니)들을 가슴으로 굴리고 있었다.

왼쪽에서는 인색한 자들이, 오른쪽에서는 헤픈 자들이 서로 다가와 맞부딪칠 때마다, "야, 이 수전노들아, 왜 아끼냐?" "웃기지 마라, 이 놈팡이들아, 왜 낭비하냐?"라고 서로 욕지거리를 퍼붓고는 다시 그 육중한 짐들을 가슴으로 굴렸다. 그들은 이 이 짓을 끝없이 되풀이하고 있었는데, 그 육중한 짐이란 다름 아닌 세상에서 그들이 그토록 아끼거나 낭비하던 금화였다.

이런 광경을 본 단테는 속이 뒤집힐 듯 슬퍼져서 그의 스승에게 물었다.

"저 사람들은 어떤 이들입니까? 그리고 왼편에는 성

직자들도 보이는데 그들은 왜 여기에 와 있습니까?"

"여기 있는 이들은 살아서 재물을 지나치게 인색하였거나 낭비하였다. 왼편은 아무리 좋은 일에라도 돈 쓰기를 주저한 사람들이지. 이들은 이 구덩이에서 영원토록 서로 부딪치고, 풀어헤쳐진 머리로 무덤에서 일어날 것이오."

베르길리우스는 재화로 빚어진 재앙을 본 단테에게 사람의 운명과 재산에 관해 재화는 순간적 헛됨에 지나지 않는 것이라고 말했다.

그의 말에 따르면, 전능의 신이 세상의 영화를 다스릴 자를 세웠다. 그런데 그가 재화를 헛되게 이리저리 옮겼다. 이렇게 되어 한 민족이 흥하면 한 민족은 망하게 되는데, 인간의 지식으로는 운명을 알지 못하니 운명의 천사가 예견하고 판단한다는 것이었다.

베르길리우스는 어느덧 이틀째인 성토요일이 되었음을 깨닫고는 단테에게 길을 재촉하였다.

그들이 그곳을 가로질러 다섯 번째 옥(獄)이 있는 골짜기로 가자 그 기슭에 있는 샘터로부터 물줄기가 용솟음치고 있는 것을 보게 되었다. 그 물길은 검붉다 못해 거무스름했다.

그들이 그 어두운 물줄기를 좇아 험준한 길을 내려

가자 그 슬프디슬픈 물소리는 잿빛으로 작아지는 벼랑 아래로 떨어지면서 스틱스라는 늪 속으로 삼켜지고 있었다.

그 늪 속에는 온통 흙투성이가 되어버린 인간들이 알몸으로 허우적거리고 있었는데, 그들은 분노한 표정으로 일그러진 채 서로 치고받다가 그것도 모자라 서로의 살점을 물어뜯고 있었다.

"저토록 제 자신을 집어삼킬 듯 분노하고 있는 군상(群像)들을 보라! 이 늪 속에는 어디나 한숨 짓는 자들로 가득 채워져 있으니, 그로 인해 물거품이 부글부글 일고 있는 것이라네. 저들은 늪 속에서 몸도 움직이지 못한 채 중얼거리고 있으니 그들의 목소리는 목구멍까지 가득 차 있는 진흙 때문에 그르렁거릴 뿐이지."

베르길리우스는 그 말을 하면서 그들이 중얼거리는 소리를 단테에게 해주었다.

햇빛 부드럽고 향기로운 하늘 밑에서도
우리 마음속에 분노의 불길이 타올라
죄스러웠거늘
이젠 검은 수렁 속에서
슬퍼하고 있어야만 하는가

이들을 바라보면서 단테와 베르길리우스는 커다란 활 모양으로 생긴 늪과 말라버린 그 주위를 돌아서 성벽 위로 높이 솟아 있는 어느 탑 밑에 다가서게 되었다.

그들이 가까이 다가설 즈음, 탑 꼭대기에 두 개의 불꽃이 지펴지면서 서로 신호를 보내는 것이 보였다. 단테는 그의 스승에게 그것이 무슨 표시냐고 물었다. 그러자 베르길리우스는 그들이 다가오고 있음을 서로 알리고 있는 것이라고 알려주었다.

바로 그때 조그만 배 한 척이 안개 속에서 물살을 헤치며 그들을 향해 오는 것이 보였는데, 그 속도는 마치 활시위를 떠난 화살이 창공을 가르며 날아가는 것보다 빨랐다. 그 사공의 이름은 플레기아스였다.

사공은 베르길리우스를 향해 소리쳤다.

"이 못된 망령들아, 또 왔느냐?"

베르길리우스는 그를 향해 말했다.

"플레기아스, 쓸데없이 소리 지르지 마라. 우리는 다만 건너가기 위해 산세지려는 것뿐일세." 그러자 플레기아스는 크게 속기라도 한 것처럼 화를 내면서 그들을 배에 태웠다.

그들이 올라타자 그 배는 물에 잠길 것처럼 축 가라앉았는데, 그것은 이제까지 체중이 없는 죽은 망령들만

실어 나르다가 살아 있는 단테를 태웠기 때문이었다.

그들을 태운 배가 수면을 깊게 가르면서 죽음의 늪을 지나가고 있을 때 갑자기 진흙투성이의 그림자가 앞을 가로막으면서 소리쳤다.

"죽을 때도 아닌데 이곳에 온 너는 누구냐?"

단테는 물었다.

"내가 여기에 왔다고 해서, 여기 머물 사람은 아니로다. 그토록 흉측한 모습을 하고 있는 너는 누구냐?"

그러자 그는, "이토록 이곳에서 울고 있는 나를 보라!" 하고 외치며 손을 뻗어 배를 움켜잡으려 하였다. 베르길리우스는 재빨리 그의 속셈을 간파하고 밀쳐버렸다. 그는 피렌체에서 심술궂기로 유명하던 필리포 아르젠티의 망령이었다. 그 망령은 늪 속으로 다시 굴러떨어졌는데 흙투성이 무리가 그에게 달려들어 갈기갈기 찢어놓으려고 하자 그 자신도 분노에 짓눌려 제 몸을 이빨로 물어뜯었다.

베르갈리우스는 디스 성(城)이 가까워졌음을 단테에게 알려주었다. 그들은 버림받은 땅을 둘러싼 깊은 골짜기에 도착하였는데 거기서 바라본 성벽은 마치 철벽으로 만들어진 것 같았다.

그들은 한 바퀴 크게 돌다가, "이곳이 입구이니 내리

시오." 하는 뱃사공의 소리를 듣고 내려섰다.

단테는 그때 성벽 위에 있는 수천의 악미들을 보았다. 그 악마들은 마왕 루치펠과 함께 천국에서 쫓겨나온 천사들이었는데 그들은 저마다 화가 나 소리를 질렀다.

"죽지도 않고서 죽은 자들의 왕국을 지나가고 있는 저놈은 대체 누구냐!"

베르길리우스는 단테를 기다리게 하고 문 앞에 다가가 그 악마들한테 사연을 설명하고 설득하였으나 그 악마들은 베르길리우스의 가슴팍 앞에서 성문을 닫아 버리고 말았다. 베르길리우스는 느린 걸음으로 되돌아와서 한숨을 쉬며 한탄했다.

"그 누가 이 비탄의 집으로 들어가는 우리를 막는단 말이냐."

그는 단테를 안심시키면서 다시 말했다.

"내가 화통을 터뜨린다고 해서 끝났다고 두려워하지는 말게. 어떤 시련이 닥친다고 해도 이겨낼 수 있을 테니까. 저놈들이 저렇게 불손한 것은 처음 있는 일이 아닐세. 길잡이 없이 혼자서 우리가 지나온 골짜기들을 지나 여기에 오시는 분이 있을 것이니 그분의 힘으로 이 성문이 열리게 될 것이라네."

베르길리우스가 단테의 겁에 질린 얼굴을 보고 중얼거렸다.

"여하튼 우리는 이 시련을 견뎌야만 하네. 그런데 그 분이 약속하신 하늘의 사자는 어찌 이리도 더디게 오실까?"

"지옥의 꼭대기에서 이 미천한 곳까지 그 누가 내려온 일이 있었단 말입니까?"

단테가 두려움에 휩싸여 묻자 베르길리우스는 대답했다.

"아직 그런 일은 없었지만 나는 에리톤의 요술에 걸려, 우연히 여기에 한번 와본 일이 있었지. 그때 나는 예수를 배반한 유다가 있는 제9옥 가장 깊은 곳에서 한 영혼을 빼내기 위해 그 성안으로 들어간 적이 있어. 그 길을 알고 있는데, 이 같은 시련 없이 그 성문을 통과할 수는 없다네."

하지만 단테는 다른 것에 정신이 팔려 무슨 말인지 알아듣지도 못했다. 성벽 위 탑 꼭대기에 피투성이를 한 복수의 여신 세 명이 나타난 것이다. 세 악녀는 모두 여인의 형상을 하고 있었지만 푸른 물뱀을 띠처럼 두르고 있었고, 실뱀과 뿔 달린 뱀으로 된 머리카락을 늘어뜨려 그것으로 관자놀이를 무섭게 친친 휘감고 있었다.

베르길리우스는 그들이 바로 영원한 탄식의 여왕인 페르세포네의 시녀들이라고 단테에게 설명해주었다.

"저 표독스러운 복수의 여신, 에리니스들을 보라. 왼쪽이 메가이라이고, 울고 있는 오른쪽이 알렉토, 가운데가 티시포네일세."

그러자 그녀들은 저마다 손톱으로 가슴팍을 쥐어뜯고 제 몸을 주먹으로 두들기면서 큰 소리로 외쳤다. 이 광경을 본 단테는 몸서리치며 스승의 뒤로 숨었다. 그러자 그중 하나가 아래를 내려다보며 소리쳤다.

"메두사를 불러서 저놈을 돌로 만들어버리면 어떠냐. 테세우스의 습격에 복수하지 못한 것이 원통하지 않으냐?"

이때 베르길리우스가 재빨리 손을 들어 단테의 눈을 가려주어 고르곤을 잘못 보아 돌로 변하지 않도록 하였다. 잠시 후 그는 단테의 눈을 풀어주며 말했다.

"저 앞의 안개 자욱한 수면과 물거품이 일어나는 모습을 자세히 보라."

그 순간 큰 지진과 세찬 폭풍우가 함께 몰아치는 것 같이 귀청이 떨어질 듯한 굉음이 들리면서 땅이 흔들렸다, 독사 앞에 나타난 개구리들이 놀라 흩어지듯이 저주받은 무리가 도망치기에 바빴다.

그 못된 무리를 바람에 흩날리게 하듯 헤치면서 다가오는 한 천사가 있었다. 그는 스틱스의 늪에 발바닥도 적시지 않고 건너오고 있었다.

단테는 그에게 공손히 인사하였다.

노여움에 가득 찬 그는 성문 앞에 이르러 지팡이로 간단히 문을 열었는데, 그의 앞을 막아서는 자는 아무도 없었다.

"오, 천상에서 쫓겨난 더러운 자들아!"

사자는 문지방 위에 서서 무시무시한 기세로 입을 열었다.

"어찌하여 너희는 이렇듯 교만한 마음을 갖느냐? 어찌하여 그분의 뜻을 거스르느냐? 그분의 뜻이 성취되지 않았던 일찍이 없었느니라. 몇 번이나 혼난 적이 있는 너희는 잘 알고 있을 것이다. 율법을 거역해 어쩌겠다는 것이냐? 기억하고 있을 것이니, 너희들의 동료인 케르베로스는 그 때문에 턱에서 목에 걸쳐 털이 없느니라."

그는 그렇게 말하고 나서, 마치 다른 일에 몰두하느라 정신이 팔려 눈앞의 사람에겐 아랑곳없는 것처럼 그냥 흙탕길을 걸어서 되돌아갔다.

이렇듯 거룩한 말씀에 확신을 얻고 우리는 한 발 한

발 그 마을로 다가가 아무런 방해를 받지 않고 그 안으로 들어갔다.

성채에 에워싸여 있는 내부의 광경을 한번 보았으면 하고 전부터 바랐던 단테는 안에 들어서자마자 주위를 살펴보았다.

오른편에도 왼편에도 고뇌와 가책으로 가득 찬 광경이 펼쳐져 있었다.

론강에 잠겨 늪을 이룬 아를르며, 이탈리아의 북쪽 끝을 막아 국경을 씻어주는 커르나로 폴라 근방의 땅은 무덤 때문에 울퉁불퉁한데, 이곳 또한 도처가 울퉁불퉁했고 특히 무덤 모양은 한층 비참했다.

무덤과 무덤 사이로 불꽃이 펄럭거리고 그로 인해 무덤이 모두 불타고 있었는데 대장간에서조차 쇠를 이토록 달구지는 못할 것이다. 무덤의 뚜껑은 모조리 들려져 있어 참으로 애처로운 한탄이 들려왔는데 비참하게 상처받은 자들의 목소리였다.

"스승이여, 저 무덤 속에 묻혀서 애처롭게 한탄하는 소리를 내는 자들은 도대체 누구입니까"

"이단자와 그의 제자들은 어느 종파에 속하건 모두 여기에 있느니라. 무덤 속에 갇힌 자의 수는 네가 상상하는 것 이상이다. 비슷한 자끼리 같이 묻혀 있나니 그 무덤은 정도의 차이는 있을지언정 모두 불타고 있느니라."

이렇게 말하고 스승은 오른편으로 방향을 잡았으므로 우리는 불을 뿜는 무덤과 높은 성벽 사이를 지나갔다.

이교도의 성

단테와 베르길리우스는 무사히 이교도의 성(城)인 디스 시(市)의 성문을 통과하여 마을로 들어설 수 있었다.

마을 양편에는 넓은 벌판이 펼쳐져 있었으나 단테는 그곳이 온통 무수한 고통과 혹독한 형벌로 가득 차 있음을 볼 수 있었다. 그곳은 마치 론 강가의 공동묘지 같았는데, 그 무덤들은 모두 뜨겁게 달구어져 뚜껑이 열려 있었고 그 안에서는 슬픈 통곡 소리가 멈추지 않았다.

단테는 베르길리우스에게 그토록 뜨거운 불가마 속에서 탄식을 금치 못하고 있는 자들이 누구냐고 묻자 베르길리우스는 그들이 이교도의 두목들과 그 추종자들 그리고 이단자들이라고 알려주곤 그들의 고통이 상상하는 것보다 무겁다고 말해주었다. 이들은 다시 오른편으로 돌아 탄식의 무덤과 높은 성벽 사이를 지나갔다.

단테는 그 사이를 지나면서 베르길리우스에게 물었다.

"저 무덤 속에 누워 있는 자들은 누구이며 무덤의 뚜껑은 언제까지 열려 있는 것입니까?"

"그 뚜껑은 최후의 심판이 끝나고 육신이 부활하기 위해 되돌아올 때에야 닫힐 것이다. 즉 이곳에 묻혀 있는 대다수는 육신과 함께 영혼도 죽는 것이라고 믿었던 에피큐로스와 그의 추종자들일세. 좀 더 지나가다 보면 자네의 궁금증도 잠차 밝혀질 테지." 하고 베르길리우스가 대답하였다.

이때 한 무덤에서 홀연히 상반신을 일으키며 말을 걸어오는 자가 있었다.

"오, 피렌체가 있는 토스카나 출신이여! 그대의 말씨가 그대의 고향을 알려주고 있으나 그곳은 너무나도 나를 괴롭게 만들었다오. 살아 있는 자로서 지옥의 도시를 의젓하게 지나가고 있는 자여, 잠시라도 이곳에 머물러주지 않겠는가?"

이 소리를 듣고 깜짝 놀란 단테가 부들부들 떨면서 스승의 옆으로 다가서자 베길리우스가 "무서워하지 말고 정중하게 물어보지 뭘 그러는가. 저자가 파리나타일세."라고 가르쳐주며 위로했다.

놀란 마음을 가라앉힌 단테가 그를 마주 보며 마치 지옥 따위는 아무것도 아니라는 듯이 가슴을 곧게 펴고 머리를 쳐들었다. 그는 단테를 힐끗 쳐다보고는 물었다.

"당신의 조상은 누구인가요?"

단테는 숨김없이 대답해주면서 자신은 파리나타가 속했던 기벨리니 당(黨)의 반대당인 겔프 당(黨)에 속했음도 말해주었다.

그때 그들의 이야기를 옆에서 듣고 있던 자가 두리번거리며 일어나더니 울면서 물었다.

"피렌체의 지성인 단테여! 그대만이 이 암흑의 감옥을 지나가고 있으니 내 아들 귀도는 어디에 있단 말인가. 그리고 자네와는 왜 함께 있지 않은가?"

단테는 그에게 대답해주었다.

"나는 나 스스로 여기에 온 것이 아니라 저쪽에서 기다리고 계신 분이 나를 이리로 인도해주신 것이라오. 당신의 아들 귀도는 그분이 잊으셨던 것이 아닐는지요."

그는 바로 단테의 친구인 시인 귀도 카발칸티의 아버지였던 것이다.

"아, 그렇다면 내 아들도 이미 죽어버렸단 말인가?"

그는 탄식을 토해내며 거꾸러지더니 다시는 그 모습

을 나타내지 못했다.

그 후에도 단테는 파리나타와 대화를 나누었다. 파리나타는 왜 자신이 단테와 대화를 나누고 싶어 하는지 설명해주면서, 죽음으로 인해 미래의 문이 닫히는 그 순간부터 인간의 앎도 종말을 고하고, 인간의 지성은 헛된 것이 되어 한 치 앞을 볼 수 없게 될 뿐만 아니라 세상사를 알 수 없게 된다고 하소연해다.

단테는 그의 말을 듣고 가슴이 아파서 말했다.

"아까 나에게 물어보았던 저 사람에게 그의 아들은 아직도 살아 있다고 전해주십시오. 아까 그분이 물어보셨을 때, 확실히 말씀드리지 못한 것은 당황했기 때문이랍니다."

그러자 그의 스승 베르길리우스가 단테를 불렀다.

베르길리우스는 단테에게, "어찌하여 그토록 당황하는가? 베아트리체의 맑은 눈으로 꿰뚫어보고 그녀로 인해 네 삶의 길을 알게 될 것이다." 하고 말한 후, 발길을 돌려 그 성벽으로부터 한가운데로 나아갔는데, 그쪽에서부터 독한 냄새가 퍼져와 뱃속까지 뒤집어놓는 듯하였다.

두 사람은 성벽을 뒤로하고 오솔길을 따라 제7옥의 골짜기로 들어선 것이다.

그들이 골짜기의 벼랑에 서서 그 밑을 바라보자, 거기에는 또다시 처절한 영혼들이 우글거리고 있었다.

그 골짜기에서 올라오는 숨 막힐 듯한 썩은 냄새에 몸서리치며 이를 피하기 위해 커다란 무덤 뚜껑 뒤로 피해 갔는데 그 뚜껑 위에는 '포티누스에게 이끌려 올바라누갈 정교(正教)를 버린 교황 아나스타시우스 여기에 묻히다'라는 묘비명이 적혀 있었다.

베르길리우스는 역겨운 냄새에 익숙해질 동안 단테에게 제7옥 이하의 하부 지옥에 대해서 설명했다. 그의 설명에 따르면 하부 지옥은 커다란 돌무덤 형태로 세 개의 원(圓)을 이루고 있는데, 그 원은 내려갈수록 조금씩 작아지면서 좁아진다는 것이었다.

그 속에 저주받은 영혼들이 가득 차 고통을 받고 있으며, 그들은 신의 노여움을 사게 된 악한 행위 가운데서도 남을 속이는 기만행위가 가장 사악하기 때문에 더욱 큰 고통을 받게 된다고 말했다.

"제7옥은 폭력배들이 갇혀 있으며, 총 세 개의 하부 지옥이 원형으로 층층이 있다. 첫째 하부 지옥에는 이웃에게 폭력으로 죽음과 쓰라린 상처를 주며 그 재산을 약탈하고 파괴한 자, 살인자와 중상 모략자, 불한당, 날도둑이 벌을 받고 있고, 둘째 하부 지옥에는 자살하거나 자해 행위를 한 자, 노름으로 재산을 탕진한 자가 슬피 울고 있으며, 마지막 가장 깊은 하부 지옥에는 소돔과 카오르사의 고리대금업자들처럼 하느님을 마음속으로 깔보거나 남을 등쳐먹은 자가 있네. 각각의 죄로 낙인찍혀 나뉘어 벌을 받는 것이지. 또한 제8옥에는 양심을 해치고 사랑의 매듭조차 풀어 없애는 기만행위를 한 자, 즉 위선자, 이기주의자, 포주 등이 웅크리고 있고, 마지막 제9옥에는 모든 반역자의 무리가 있는 곳일세."

베르길리우스는 다시 단테를 재촉하여 제7옥의 험준한 벼랑 아래로 내려갔다. 그들이 벼랑을 내려가자 보기에도 끔찍한 우두인신(牛頭人身)의 괴물이 있었다.

머리는 소머리에 사람의 몸뚱이를 한 미노타우로스란 괴물이 분노에 휩싸여 단테에게 달려들자 베리길리우스가 외쳤다.

"네놈은 너에게 치명적인 죽음을 안겨주었던 아테네의 테세우스를 만난 것으로 안단 말이냐? 길을 비켜라. 이분은 네 누이의 가르침을 받아 여기에 온 것이 아니라 네놈들의 고통을 보기 위하여 지나가고 있을 뿐이란 말이다."

그 괴물은 치명적인 일격을 받고 고삐가 풀렸어도

도망갈 줄 모르고 허우적대는 황소처럼 나뒹굴었다.

둘은 그사이에 빠져나와 계곡을 지나가자 활처럼 둥근 큰 구덩이가 나왔는데, 그 안에는 활과 화살을 가진 반인반마(半人半馬)의 켄타우로스들이 떼 지어 날뛰고 있었다.

켄타우로스 무리 중 셋이 벼랑으로 내려온 둘을 발견하곤 활과 화살을 들고 나서며 소리쳤다.

"이놈들아! 너희들은 무슨 벌을 받기 위해서 여기까지 왔느냐? 그 자리에 멈추어 서서 대답해보아라! 그러지 않으면 활을 당길 것이다."

베르길리우스가 기다려 달라 쏘아붙이고는 단테에게 말했다.

"저놈이 바로 네소스인데 헤라클레스의 아내인 아름다운 데이아네이라 때문에 죽임을 당하고 종국에는 제 원수마저 갚았던 놈이지. 그리고 한가운데서 제 가슴을 들여다보고 있는 자가 케이론인데 그는 아킬레스를 교육했지. 또 그 옆에 있는 건 플로스로 저들은 1천 명씩 그 구렁 주위를 맴돌면서 죄가 정해준 것을 넘어 피의 강물 위로 몸을 내미는 자가 있으면 화살을 당기는 것일세."

단테와 베르길리우스가 그들에게 다가가자 케이론

이 제 떼거리를 보고 말했다.

"너희도 알아보겠느냐? 저 뒤에 있는 자가 건드리자 바위가 움직이는 것을 말이야. 만약 죽은 자의 발이라면 움직일 수 없었을 텐데."

그러자 베르길리우스가 잽싸게 그의 앞으로 가서 말했다.

"네가 바로 본 것이다. 그는 살아 있는 사람이지만 나는 그에게 이 암흑의 골짜기를 보여주어야 한다. 그를 안내하는 것이 나의 의무이며 이는 부득이한 사정이 있기 때문이다. 그것은 할렐루야의 노랫소리가 울려 퍼지는 천국에서 보낸 분, 베아트리체가 내게 맡긴 일이다. 그는 강도짓을 한 자가 아니요, 나도 도둑의 혼이 아니로다. 이토록 험한 길을 따라 발길을 움직이게 한 하느님의 이름으로 청하겠으니 너희 중에 하나가 그의 곁에서 길잡이가 되고 그를 업고 가기 바란다. 그는 공중으로 날 수 있는 혼이 아니니까 말일세."

그러자 케이론이 그의 오른편에 있는 네소스에게 명령했다.

"네가 저들을 안내하고 다른 무리를 만나거든 쫓아 버리도록 하라."

이로써 베르길리우스와 단테는 믿음직한 호위병을

얻게 되었고, 네소스와 함께 붉게 끓어오르는 언덕을 따라 피의 강 속에서 삶겨진 무리가 비명을 지르고 있는 곳으로 나아갔다.

피의 강과 비탄의 숲

단테는 핏물이 끓어오르는 강 속에서 눈썹 언저리까지 잠겨 있는 자들을 보았다. 안내자인 네소스는 그들을 가리키며 말했다.

"저들은 바로 살아 있을 때 제 마음대로 사람들의 피를 흘리게 하고 재산을 약탈한 폭군들이오. 지금 여기서 자신들의 비정한 죄악 때문에 울고 있는 거랍니다. 저 영혼은 알렉산드로스 대왕과 시칠리아 섬의 폭군 디오니시우스, 그 옆의 새까만 머리털에 이마만 보이는 영혼은 에첼리노, 그 옆에 보이는 금발의 영혼은 제 의붓자식에게 살해된 에스테의 폭군 오피초라오."

조금 더 앞으로 나가자 시뻘건 핏물에 목만 내밀고 있는 자들이 있었고, 그다음에 보이는 자들은 가슴까지 내놓고 있었다. 이처럼 피의 강물은 점점 얕아져 발목만 뜨겁게 잠길 정도에 이르렀다.

안내자인 네소스에 따르면 이쪽에서 점점 얕아졌던 피의 강물은 다시 저편으로 갈수록 깊어지기 시작해 폭군들이 비탄하는 심연 속으로 미끄러져 들어가게 된다는 것이다.

그 가운데에는 신의 채찍이라고 일컬어졌던 흉노족의 두목 아틸라와 그리스의 왕 피로스, 폼페이우스의 아들 섹스토스, 해적 코르네토의 리니에르, 실벤세 주교를 살해하여 파문을 당했던 강도 리니에르 파초 등이 떨어져 영원히 고통받아 눈물을 흘리고 있다는 설명을 들려준 네소소는 다시 돌아서서 그 여울목을 건너갔다.

단테와 베르길리우스는 제7옥의 제2원(두 번째 하부 지옥)으로 접어들게 되었다.

그들은 오솔길도 없는 숲속으로 들어갔는데, 그 숲의 나뭇잎들은 검붉은 색을 띠고 있었으며, 나뭇가지들은 온통 뒤틀려 마디투성이였다.

열매도 열리지 않는 그 가지들은 독을 품고 있는 가시들로 덮여 있었다. 이토록 거칠고 칙칙한 숲속에는 생물조차 살 수 없을 지경이었지만 그곳에는 몰골 사나운 새(怪鳥) 하르피아가 살고 있었다.

그 괴조는 여인의 얼굴에 새의 몸뚱이를 하고 날개가 있었으며 날카로운 발톱을 지녔는데, 그 이상한 나무 위에서 슬피 울고 있었다.

그 숲속에서는 이르는 곳마다 비탄의 통곡 소리가 들렸지만 그 소리 지르는 사람이 보이지 않아 단테를 당황하게 하였다.

당황해하는 단테에게 베르길리우스가 말했다.

"한번 작은 나뭇가지 하나를 꺾어보게. 금방 알 수 있을 테니"

단테가 그의 말대로 가시가 있는 나뭇가지 하나를 꺾었더니 그 나무는 밑동에서부터 울부짖으며 외쳤다.

"아, 나를 왜 꺾는 거냐?"

그와 동시에 꺾인 가지에서 검붉은 피가 철철 흘러나오며 외침이 들려왔다.

"왜 나를 해치는 거냐? 너는 한 자락의 자비심도 없단 말이냐? 지금은 내가 나무로 변해 있지만, 나 또한 옛날에는 인간이었도다. 설사 우리가 뱀들의 혼이었다고 해도 네 손은 더욱 자비로웠어야 하는 것이 아니겠는가?"

그리고 마치 생나무 가지가 불탈 때 다른 한쪽 끝에서 거품을 내뿜으면서 '피직피직' 하고 연기를 뿜어내

듯 가지가 잘리고 밑동에서 말소리와 피가 함께 뿜어져 나왔다. 단테는 놀라 가지를 떨어뜨리고 그 자리에 굳어버리고 말았다.

이에 베르길리우스가 그 앞에 나서며 피 흘리는 나무에 응답하였다.

"이분이 내가 지은 시 구절을 기억했더라면 그대에게 손을 대지 않았을 텐데, 일이 이렇게 되어 나까지도 마음이 아프오. 그러나 이분은 다시 세상으로 돌아갈 몸이니 그대의 명예가 다시 새롭게 펼쳐질 수 있도록 이분에게 그대가 누구였는가를 말하는 것이 좋지 않겠소?"

그러자 그 나무가 대답했다.

"그토록 달콤한 말로 나를 구슬리고 있으니 어찌 입을 다물고만 있겠소? 나는 프레드릭 황제의 마음을 내 마음대로 움직일 수 있었소. 그리하여 모든 사람을 황제의 비밀로부터 떼어놓는 영예로운 임무를 수행하느라 잠을 자지 못할 정도였소. 그러나 나의 이러한 충성스러운 임무를 시기하는 궁중의 음탕한 여인네들이 증오의 불길을 뿜어 황제를 충동질해 나의 영예로운 임무는 슬픈 탄식으로 변해버리고 말았다오. 그래서 나는 의로운 죽음으로 그 모멸의 심정을 피하고자 자살을 시도했지만 이는 오히려 나를 불의하게 만들었을 뿐이라오. 그러나 내가 이 나무의 뿌리를 향해 맹세하지만 절대로 황제의 신의를 배반한 적은 없다오. 그러니 당신들 중 누구든 세상에 다시 돌아가게 된다면 아직도 다른 사람들의 질투의 불길 속에 파묻혀 있는 나의 명예를 되찾아주기 바라오."

잠시 후 베르길리우스가 단테에게 더 알고 싶은 것이 있으면 물어보라고 권했다.

"제가 묻고 싶은 것을 이야기하기에는 너무도 측은하여 입이 떨어지지 않으니 스승께서 한 번 더 말씀해 주십시오."

단테가 부탁하자 베르길리우스가 그에게 다시 물어보았다.

"이처럼 갇혀버린 영혼이여, 그대가 간청한 바 그 일을 이분이 기꺼이 이루어주실 것이니, 그대도 좀 더 자세히 말해주구려. 어찌하여 영혼이 이 마디투성이인 가지에 갇히게 되었는지를, 또 그로부터 벗어난 영혼이 있기라도 했는지를 가능한 한 말해주었으면 좋겠소."

그러자 그 나무는 한숨을 몰아쉬느라 바람을 일으켰다. 그리고 그 한숨 소리는 잠시 후 목소리로 변하여 대답하였다.

"그럼 아주 짤막하게 대답하리다. 자신의 영혼을 제

손으로 잔인하게 제 몸에서 떠나보내게 되면 미노스는 그를 지옥의 제7옥으로 보냅니다. 그래서 결국 이 숲속으로 떨어지게 되는데 자리가 정해진 것은 아니오. 다만 운명이 그를 몰아붙이는 곳에서 한 알의 밀알이 움트듯 살게 되는 것이오. 여기에 새순이 돋고 야생초로 자라나면 괴조 하르피아들이 그 잎새를 쪼아 먹으면서 그에게 고통을 안겨주니, 그 틈새로 고뇌를 뿜어내게 되는 것이라오. 남들처럼 우리도 육신의 부활을 기다려야 할 것이지만, 우리만은 우리 스스로 저버린 육신을 되찾을 수 없소. 때문에 우리는 그 저주받은 육신을 여가에 끌고 와 그 몸으로 너나없이 슬픈 고통의 숲을 이루고 있는 것이오."

끔찍한 그의 말을 들으면서 다른 나무들도 혹시 이야기할까 싶어 기대를 품고 귀를 기울이고 있을 때, 갑자기 떠들썩한 소리가 나 소스라치게 놀랐다. 그것은 마치 사냥터에서 사냥꾼들과 산돼지들이 쫓고 쫓기는 기척에 놀란 짐승들과 나무들이 울부짖는 소리와도 같았다.

그때 왼쪽에서 벌거벗은 두 사람이 상처투성이가 되어 달아나고 있었는데, 어찌나 억세게 달리는지 숲속의 나뭇가지들을 모두 부러뜨리는 것 같았다. 맨 앞에 달려가는 자가 "자, 어서 오라. 죽음이여!" 하고 외치자, 뒤처진 자도 그에게 소리치며 따라갔다.

"라노여! 그대는 토포에서 싸울 때도 이처럼 빨리 달리지 못하지 않았던가?"

그들은 이윽고 숨이 막혀버린 듯 덤불 속에 쓰러져 버렸다. 그러자 그들 뒤에 숨어 있던 검은 암캐들이 떼를 지어 나타나 피의 냄새를 맡고는 달려들었다. 그 암캐들은 사슬이 풀린 사냥개들처럼 지쳐 쓰러진 그들에게 달려들어 물어뜯고는 갈기갈기 찢긴 몸통을 물고 가버렸다.

이 광경을 보고 있던 베르길리우스는 단테와 함께 다시 숲속으로 들어갔다. 그들은 그 숲에서 피를 흘리며 한숨을 쉬고 있는 자들 가운데 피렌체 출신 영혼의 한탄을 들으면서 꺾인 가지들을 가엾은 나무 발치에 다시 모아주었다.

단테는 그의 고향 피렌체에 대한 얘기를 들으면서 연민의 정에 휩싸여 흩어진 가지들을 모은 다음, 제7옥의 제3원(세 번째 하부 지옥) 가장자리에 도착했다. 그는 거기서 정의의 심판이 펼쳐지고 있는 무서운 광경을 목격했다.

그 앞에는 풀잎 하나 나지 않은 사막과 같은 땅이 한

없이 계속되는 벌판이 펼쳐져 있었다. 그 벌판 둘레는 자살자들로 가득했던 비탄의 숲이 에워싸고 있었다. 그것은 마치 음침한 운하가 성을 둘러싸고 있는 것과도 같았다. 땅은 바싹 마른 모래층으로 그 옛날 카토의 발에 짓밟혔던 리비아 사막과 다름이 없었다.

단테는 이같이 삭막하고 음침한 곳에서 펼쳐지는 신의 앙갚음을 마주하자 신의 벌이 얼마나 무서운지를 새삼스럽게 깨닫고 몸서리쳤다.

수많은 영혼은 벌거벗은 채 무리를 짓고 있었지만 그들은 모두 흐느껴 울부짖으며 저마다 다른 형태로 벌을 받고 있었다. 즉 신을 모독하던 무리는 경멸 어린 눈을 하늘로 치켜뜨고 벌렁 나자빠져 누워 있었으며, 신과 인간들에게 포악했던 고리대금업자들은 웅크리고 앉아 있었다. 그리고 정욕에 사로잡혀 혼음(混淫, 뒤섞여 간음함)과 동성애에 빠졌던 자들은 방황하는 것처럼 줄곧 서성거리고 있었다.

이들은 모두 모래펄이 부풀어 오르도록 불덩이가 떨어져 내리는 한복판에 있었다. 그 불의 바람이 없는 날에 내리는 알프스의 눈처럼 빗줄기는 끊임없이 불덩이를 퍼붓고 있었다.

모래펄은 불 아궁이처럼 불붙고 있었고, 그 모습은

불꽃 심지가 타오르는 것과 같았다. 그 속에서 벌 받고 있는 영혼들은 저마다 그들 위에 쏟아지는 불꽃송이들을 손으로 떨쳐버리려고 안간힘을 쓰고 있었다.

단테는 그 속에서도 꼼짝 않고 누워 있는 자를 보고 물었다.

"베르길리우스여, 저 속에서도 불길을 피하지 않고 눈을 흘기며 자빠진 채 그림처럼 누워 있는 자는 누구인가요?"

그러자 단테의 말을 들은 그 거인이 크게 소리쳤다.

"나는 죽었어도 살았을 때와 다를 바 없다. 제우스가 그의 대장장이인 불카누스를 녹초로 만들자 성내면서 벼락을 맞게 했을 때, 만약 데살리아의 골짜기에서 화산이 폭발하여 내게 쏟아질 정도가 된다 하여도 그것으로 신이 내게 충분한 벌을 내렸다고는 할 수 없을 것이오."

그러자 베르길리우스가 그동안 들어볼 수 없었을 만큼 큰 소리로 그를 꾸짖었다.

"카파네우스, 그대의 오만함은 아직도 수그러들지 않았단 말인가. 너의 그 광포함에는 그 못된 분노만큼 어울리는 것도 없을 것이다."

베르길리우스는 단테에게 그에 관해 설명을 해주었다.

"저놈은 테베를 공격했던 일곱 임금 중의 하나로, 예나 지금이나 신을 경멸하고 섬기지 않는 놈이지. 내가 그에게 말한 것처럼 경멸에 찬 그의 분노는 그의 가슴에 가장 잘 어울리는 장식일세. 자 이제 나를 따라오면서 정신을 차려서 타오르는 모래밭에 발을 들여놓지 않도록 하고 가능한 한 숲 언저리를 벗어나지 않도록 조심하게."

단테는 베르길리우스를 따라 말없이 걸어갔다. 그들은 숲속에서 냇물이 흘러내리는 곳에 이르게 되었다. 그 냇물은 자살자의 숲을 지나서 이곳으로 흘러내려 왔으며, 온통 핏빛으로 물들어 있었다.

"우리가 저 지옥문을 들어온 이후 이 시냇물처럼 진기한 것을 본 적이 없으니. 이 시냇물이 모든 불꽃을 집어삼켜 꺼버리기 때문이라네."

베르길리우스가 말하였다. 단테는 그 말에 안도의 숨을 쉬며 알고자 하는 욕구로 더 들려줄 것을 청했다. 이에 베르길리우스는 좀 더 자세하게 설명해주었다.

"지중해 한가운데에 크레타라고 불리던 나라가 있었는데, 그 첫 번째 임금인 크로노스 시대에는 평온하였다네. 크레타 섬에는 이다라고 부르던 작은 산이 있었는데 예전에는 맑은 샘물과 초목이 우거져 있었지만 지금은 황폐하여 쓸모없이 되어버렸지. 제우스의 어머니인 레아가 제 아들을 숨기기 위한 안전한 요람으로 선택했던 산으로, 레아는 그 아이가 울 때면 같이 소 울음소리를 내어 감추었던 것일세. 이 산속에는 나이 먹은 거인이 한 사람 버티고 서서 이집트의 옛 도시인 다미에타에 등을 돌리고 거울을 보듯 로마를 바라보고 있었지. 그의 머리는 순금으로 되어 있었으며 양팔과 가슴은 은으로, 그 하체는 무릎까지 동, 그리고 그 밑으로는 모두 쇠붙이로 만들어졌으나 오른발만은 진흙으로 이루어졌지. 그럼에도 불구하고 이 거인은 온몸의 무게를 오른발에 실어 지탱하고 있었네. 이제 순금 이외에는 어느 부분이고 모두 금이 갔는데 그 갈라진 틈새로 눈물이 방울방울 떨어져 한데 모여 저 바위를 꿰뚫게 된 것일세. 그 물줄기는 바위를 돌고 돌아 이 계곡에 이르러 아케론, 스틱스 그리고 플레게톤강을 이룬 다음 이 좁은 물길을 따라 내려가다가 마지막으로 더 이상 내려갈 수 없는 곳에서 지옥 맨 밑바닥에 코키토스의 연못을 이룬 것이지. 이제 오래지 않아 그대는 그것을 직접 볼 수 있을 것이니 더 이상 말할 필요가 없지 않겠는가?"

단테는 베르길리우스의 설명을 듣고서 다시 물었다.

"당신께서 말씀하신 것처럼 이 냇물이 만약 세상에서부터 연결된 것이라면, 어찌하여 이 숲 언저리에서만 우리에게 나타난 것일까요?"

베르길리우스가 대답했다.

"그대는 여기를 동굴 형태로 아는 모양이지만 지옥은 둥근 형태일세. 그대가 밑바닥을 향해 오긴 했지만 내려오는 것은 언제나 왼쪽이었고, 아직도 그 둘레를 한 바퀴도 돌지 못한 것이지. 그러니 새로운 것이 나타났다고 해도 놀랄 일이 못 되네."

"그렇다면 당신이 말씀하신 플레게톤강과 망각의 강이라고 불리는 레테강은 어디에 있습니까? 당신은 플레게톤강이 눈물로 만들어졌다고 하셨지만 레테강에 대해서는 말씀조차 없으셨으니 말입니다."

단테가 다시 되물었다.

"그대의 질문이 꽤 마음에 드는군. 붉은 핏물이 끓어오르던 모습이 앞선 내용의 해답을 줄 것이지만, 그다음의 질문인 레테강은 이 웅덩이 밖에서 보게 될 것일세. 그곳은 죄를 뉘우친 자들이 죄의 사함을 받는 날 그 영혼들이 몸을 씻으러 가는 심연이라네."

베르길리우스가 계속하여 설명했다,

"자, 이제 숲을 빠져나갈 때가 되었으니 정신 차리고

내 뒤를 따르도록 하게. 불에 타지 않는 강기슭이 길을 이루고 있는데 그 위에서는 모든 불꽃이 꺼지게 되는 것일세."

베르길리우스의 뒤를 따라 숲에서 상당히 떨어진 둑길을 걸어가면서 단테는 한 무리의 영혼들을 만났다. 그들은 어두운 달밤에 상대방의 얼굴을 확인이라도 하려는 것처럼 단테를 뚫어지게 쳐다보았는데, 그중 한 영혼이 단테의 옷자락을 잡으며 소리쳤다.

"아! 이게 어찌된 일인가?"

단테가 그를 좀 더 자세히 보자 비록 불에 그슬린 얼굴이기는 해도 금방 알아볼 수 있었다.

"아니, 부르네토 선생님, 선생님께서 이곳에 계시다니 어떻게 된 일입니까?"

단테는 깜짝 놀라 부르짖었다.

"오, 아들아, 나 부르네토가 그대와 함께 잠시라도 이야기를 나누고 싶으니 제발 꺼려하지 말게나."

단테가 고개를 끄덕이자 그는 다시 말을 이었다.

"아직 종말의 날이 멀었는데도 자네를 이곳에 끌어내린 것은 어떤 운명의 힘에 의해서인가, 아니면 어느 신의 노여움 탓이란 말인가. 도대체 자네에게 길을 인도하고 있는 자는 누구란 말인가?"

“저 위의 고요한 세상에서 나이가 차기도 전에 저는 어느 골짜기에서 길을 잃고 말았습니다. 그곳을 떠나온 것이 바로 어제 아침인데, 바로 이분께서 이 언덕을 지나는 길로 저를 안내하여주고 계시지요.”

단테의 이 같은 설명을 듣고 부르네토는 감격스러운 마음으로 옛일을 기억하면서 앞날에 대한 예언까지 곁들였다.

“우리가 살았던 아름다운 삶을 내가 잘 알고 있기에 나는 그대가 운명의 별자리를 따라가는 한 영광스럽게 꼭 닿을 수 있음을 의심치 않네. 내가 이토록 일찍 죽지만 않았어도 그대가 신의 가호를 받고 있음을 본 이상 그대의 일을 격려해주었을 텐데. 그러나 그 옛날 피에솔레에서 내려와 아직도 거칠고 야만스러운 기질을 갖고 있는 저 비열하고도 악독한 피렌체 백성들은 그대의 선행을 보고도 오히려 원수가 될 것이네. 저들은 오래된 격언처럼 인색하고 질투심 많은 눈먼 무리요. 그대는 그들의 행위로부터 벗어나 자신을 지켜야 할 것이요. 비록 양쪽 편이 모두 그대를 끌어들이려 애쓸 것이지만 초목은 산양에게서 멀리 떨어져 있어야 하는 것처럼 그들을 조심해야 할 것일세.”

단테는 그의 충고를 고맙게 받아들이며 말했다.

"나의 소망이 모두 이루어졌다면 선생님은 아직도 인간 세상에서 떨어져 나오지 않을 수 있었을 겁니다. 인간의 도리를 가르쳐주시던 어버이 같은 인자한 모습이 내 마음에 새겨져 있어 지금까지도 저를 감동시키기 때문입니다. 나의 앞길에 대한 말씀은 마음속 깊이 새겨두었다가 나의 여인인 베아트리체의 곁에 갔을 때 말하렵니다. 오직 내가 당신에게 밝혀드리고 싶은 것은 내 양심의 가책을 받지 않는 한 문명의 뜻을 따를 각오가 되어 있다는 것입니다. 당신의 충고와 경고의 말씀이 비록 새롭다 할 것은 아니나 어쨌든 운명의 여신이 제 바퀴를 마음껏 돌리는 것이나 농부가 쇠스랑을 힘껏 휘두르는 것이나 다름없어도 어쩔 없는 것이 아니겠습니까?"

그때 베르길리우스는 단테의 오른편에서 뒤를 돌아보며 말해주었다.

"잘 듣는다는 것은 마음에 깊이 새겨놓는다는 말일세."

그렇지만 단테는 계속해서 부르네토와 함께 걸으면서 그의 동행 중 유명한 사람이 누구인지 물어보았다.

"이들 중의 몇몇에 대해서는 이야기해도 좋겠지. 다른 사람들에 대해서까지 말하자면 시간이 너무 짧을 걸세. 한마디로 말하자면 이들은 모두 성직자이거나 위대한 문인 학자로서 명성을 떨쳤던 자들이지만, 세상에 사는 동안 똑같은 죄를 범했다네. 문법학자 프리스키아누스와 법률학자 프란체스코 다 코르소도 마찬가지인데, 그대가 더 보고 싶어 한다면 볼 수 있겠지. 저들은 노예 중의 노예에 이끌려 아르노강에서 바킬리오네강으로 추방당한 자들로 모두 가정이나 나라에 해를 끼치는 못된 악습에 젖어 있었네. 좀 더 이야기하고 싶지만 저곳에서 모래가 솟아오르는 것을 보니 더 갈 수도 이야기할 수도 없겠군. 대신 그대에게 내가 저술한 책 《보전》을 권하니 나와 이야기하듯 그 책을 읽어주기 바라네. 그 외의 다른 부탁은 없다네."

그는 말을 마치고 베로나의 들녘으로 육상 경기를 하는 사람처럼 달려갔는데 마치 우승자가 녹색 깃발을 거머쥐고 달리는 것처럼 힘찬 모습이었다.

괴물 게리온

단테는 스승을 따라 제7옥의 제3원에 이르렀다. 이곳에서는 플레게톤 강물이 끓는 소리를 내며 절벽 아래로 떨어져 폭포수를 만들어내는 장관이 펼쳐지고 있었다.

그것은 마치 포강의 상류에 있는 몬테비소산으로부터 동쪽으로 흘러 이탈리아 반도를 양쪽으로 갈라놓던 아펜니노 산맥 왼편 기슭을 훑어 내리고 있는 강물과도 같았다.

그 강물은 로마 평원에까지 흘러가지만 그 상류는 아콰퀘타, 즉 '조용히 흐르는 강'이라고 불리다가 마침내 표를리에 이르러 그 명칭이 자취를 감추게 된다.

그것은 실로 1천 명이나 수용할 수 있는 알프스의 성 베네딕토 수도원이 자리 잡고 있는 몬케네강에 이르러 거대한 폭포를 이루게 되기 때문이다. 그 폭포는 험준한 벼랄 아래로 한꺼번에 내리질러 소리쳐 울리듯이 떨어졌는데 지옥의 저주를 담은 핏빛 폭포수가 쏟아지는 소리에 귀청이 떨어져 나가는 듯하였다.

단테는 수도승들이 매는 철제의 허리띠를 매고 있었는데 그것을 풀어 둘둘 말아서 베르길리스에게 건네주었다. 그러자 베르길리스가 오른편으로 돌아서서 벼랑 건너편의 깊은 골짜기로 허리띠를 던져버렸다.

단테는 의아하게 생각했으나 베르길리우스가 어떤 신호를 보내 새로운 일이 벌어지게 되는 것이려니 하고 생각했다.

베르길리우스가 단테에게 말했다,

"내가 기대하는 것이 곧 나타날 것이고 또한 그대가 생각하는 것이 이제 곧 떠오를 것이네."

그때 무겁고 어둠침침한 창공을 향하여 거슬러 올라오는 무언가가 보였는데, 그것은 아무리 강심장인 사람이라도 놀라 자빠질 만큼 무서운 형체였다. 마치 암초 같은 것에 걸린 닻을 풀려고 이따금씩 바다 속에 들어갔다가 떠오르듯이, 팔을 벌리고 다리를 웅크린 괴상한 모습을 하고 있었다.

"저걸 보게나! 뾰족한 꼬리를 가진 괴물, 저놈은 산

과 들을 넘어 성벽을 무너뜨리고, 온갖 무기를 쳐부수며 온 세상에 악취를 퍼뜨린다네."

베르길리우스는 그렇게 소리치고는 그놈에게 눈짓하여 그들이 서 있는 벼랑 가까이로 다가서게 했다. 그러자 더럽고 치사한 기만(欺瞞)을 표상하고 있는 그 괴물은 다가와서 머리와 가슴패기를 언덕 위에 걸쳤다.

꼬리는 그 위까지 올려놓지 않았다. 그 상판대기는 틀림없이 사람이었고 겉으로는 무던히도 의젓한 모습이었지만 얼굴 외의 온 몸뚱이는 뱀과 같았다.

베르길리우스는 단테를 데리고 언덕 위 오른쪽으로 돌면서 뜨거운 모래와 불꽃을 피하여 다시 언덕 아래로 내려갔다. 그는 단테에게 말했다.

"그대가 이곳에서 경험을 얻으려고 한다면 저곳으로 가서 그들의 동태를 살펴볼 수 있을 것이네. 그러나 거기서는 될수록 짧게 이야기해야 할 것이야. 나는 그대가 돌아올 때까지 이놈과 이야기해 튼튼한 그 어깨를 빌릴 수 있도록 부탁해 놓겠네."

그래서 단테는 혼자 제7옥 가장자리 쪽으로 더 걸어가보았다. 거기에는 혹심한 고통을 당하고 있는 사람들이 모여 앉아 있었다.

그들의 고통과 괴로움은 눈물이 되어 쏟아지고 있었

고, 그들은 쏟아지는 불똥과 타들어 가는 모래를 이리저리 피하느라 여념이 없었다. 그 모습은 마치 마치 여름날에 강아지가 주둥이와 발목을 벼룩이나 파리에게 물려 쩔쩔매는 모습이나 다름없었다.

단테가 그들을 자세히 바라보니 그들은 하나같이 목에 돈주머니를 매달고 있었는데, 그 주머니는 제각기 색과 표시를 다르게 하여 구분되어 있었다.

이 돈주머니들도 고리대금업자들이 살아 있을 때 갖고 있던 것으로 문장(紋章)이 새겨져 있었다.

단테는 좀 더 가까이 다가서서 그들 사이를 지나다니며 돌아보았다.

그는 노란 돈주머니에 하늘빛으로 사자의 얼굴과 형체가 새겨진 것을 보았는데, 그것은 겔프당의 잔 필리아치 집안의 문장을 나타낸 것이었다. 또한 그 옆으로 눈길을 다시 돌리자 핏빛보다도 더 붉은 문장에 버터보다 더 흰 거위가 새겨진 문장을 보았다.

그때 하얀 문장 속에 살찐 암퇘지를 파란색으로 그려 넣은 돈주머니를 움켜쥔 한 사나이가 큰 소리로 외쳤다. 그 주머니의 문양은 그가 파도바의 스크로베니 집안사람임을 말해주었다.

"그대는 이 구덩이에서 무엇을 하고 있는가? 어서 물

러가라. 당신은 아직 살아 있으므로 기억해둘 것이니, 나의 이웃 비탈리아노가 여기 내 왼쪽에 앉게 되어 있노라. 이 피렌체인들과 관계가 있는 나는 파도바인이로다. 저들은 가끔 나의 고막이 찢어질 만큼 소리쳐 나를 부르고선 '주머니 셋 달린 주머니를 가져올 지엄하신 기사여 어서 오라'고 외쳐대는 것이라오."

그가 코를 핥는 황소처럼 혓바닥을 날름거렸다. 단테는 오래 머물러 있으면 베르길리우스가 걱정할 것 같아 고통에 지친 불쌍한 자들에게서 떠나 스승 곁으로 돌아왔다.

돌아온 단테를 향해 베르길리우스가 말했다.

"자! 기운을 내도록 하게. 이제 우리는 이처럼 무서운 짐승을 사다리로 삼아 타고 내려가야 하네. 자네가 앞에 타면 내가 자네 뒤에서 괴물 게리온의 꼬리가 닿지 못하도록 하겠네."

단테는 두려움에 질린 채 괴물의 등에 올라탔다. 베르길리우스는 단테를 꼭 껴안고 안심시키면서 괴물에게 명령했다.

"이제 움직여라, 게리온! 네가 등에 태운 고귀하신 분을 잘 생각하여 천천히 내려가도록 하여라."

게리온은 마치 뱀장어처럼 몸을 꿈틀거리면서 움직

였는데, 앞발로 공기를 움켜쥐듯 하면서, 빙그르르 돌아 내려갔다. 단테는 공포에 질려 밑으로부터 불어오는 바람만 간신히 느낄 뿐 거의 정신을 잃을 지경이었다.

그때 오른쪽 밑의 깊은 수렁에서 요란하게 떨어지는 물소리가 들려 간신히 내려다보았다가 그곳에서 타오르는 불꽃과 고통의 신음 소리를 듣고는 부들부들 떠느라 하마터 떨어질 뻔하였다.

괴물 게리온은 마치 울화가 치민 새처럼 골짜기 밑 깎아지른 바위 밑에 그들을 내팽개치고는 쏜살같이 달아나버렸다.

그곳은 제8옥에 해당하며 말레볼제, 즉 '알의 주머니'라고 불리는 곳이었다. 그곳은 그 주위를 에워싸고 있는 원형의 언덕과도 같은 무쇠 빛 바위로 둘러싸여 있으며, 열 개의 하부 지옥으로 구분되어 있었다. 그들이 게리온의 등에서 내리게 된 곳에서 베르길리우스는 왼편 길을 따라 내려갔다.

그 오른편에는 제1원이 있었는데, 그 속에는 항상 새로운 번뇌와 새로운 벌, 그리고 새로운 매질의 고통이 그득하게 채워져 있었다. 그 구덩이 밑바닥에는 죄지은 영혼들이 발가벗은 채 떼를 지어 걸어오고 있었는데 여기저기 시커먼 바위 위에서 뿔이 돋은 마귀들이 그들에게 사정없이 채찍질을 가했다. 단테는 채찍질을 피하기 위해 발뒤꿈치를 들고 뛰어 달아나는 영혼들의 불쌍한 모습을 보고 깊은 탄식을 내뱉지 않을 수 없었다. 단테는 매를 맞으면서 도망쳐 오는 한 사나이를 보고 소리를 질렀다.

"이 사람은 어디선가 본 듯합니다."

그가 좀 더 자세히 보려 걸음을 멈추자, 베르길리우스도 함께 걸음을 멈추고 잠시 떨어져 이야기할 수 있게 허락해주었다.

채찍을 맞으면서 온 사나이가 고개를 숙여 얼굴을 감추려 했지만 아무 소용이 없었다. 단테는 그에게 소리쳐 말했다.

"너는 땅만 내려다보고 있으나 만약 네 얼굴이 틀림없다면 분명 베네디코 카치아네미코가 아니더냐? 어찌하여 이런 몹쓸 고통을 받게 된 것인가?"

그가 대답했다.

"내가 말하고 싶지 않으나 그대의 자상한 말에 힘입어 옛일을 돌이켜 말하겠다. 이처럼 추잡한 이야기가 어떻게 들릴는지는 모르겠지만, 나는 아름다운 여동생 기솔라벨라를 데리고 가서 후작의 욕심을 채우게 한 자라오. 부끄러운 이야기를 해서 무슨 소용이 있겠느냐만 여기에서 울고 있는 볼로냐인은 나 혼자만이 아니오."

이렇게 이야기하는 동안 악마는 다시 그 사나이를 채찍질하며 소리쳤다.

"꺼져라, 이 뚜쟁이야. 여긴 돈줄 당길 계집들도 없단 말이다!"

단테는 베르길리우스가 있는 곳으로 되돌아갔다. 그들이 몇 걸음 앞으로 나아가자 돌다리 하나가 불쑥 나타났다. 그 돌다리를 딛고 언덕을 올라가 자갈이 깔린 윗길로 돌아가자 그 영겁의 굴을 벗어날 수 있었다. 그들은 비좁은 길을 통해 제2원이 엇갈리는 곳에 도착하였다.

그곳은 활꼴 문의 어깨가 되는 지점이었는데, 거기서 그들은 다른 구덩이에서 흘러나오는 신음과 거칠게 숨을 몰아쉬며 제 몸을 두들기는 소리를 듣게 되었다. 그 구덩이는 밑에서 치솟아 오르는 악취가 곰팡이처럼 서려 있어 눈과 코를 찔렀다.

그 바닥이 어찌나 깊던지 돌다리가 솟아 있는 활꼴 문 꼭대기에 올라서서 보지 않으면 그 속이 들여다보이지도 않았다. 그래서 단테는 악취를 무릅쓰고 그곳에 올라서서 밑을 내려다보았는데, 그곳은 오물통과 다름없었는데 수많은 사람이 똥물 속에 가득히 잠겨 있었다.

단테는 그 아래에서 오물로 범벅이 된 한 사나이를 발견했다. 속인(俗人)인지 성직자인지 쉽게 구별할 수조차 없는 그가 단테에게 소리쳤다.

"그대는 어찌하여 다른 더러운 놈들보다 나를 더 유심히 살펴보는 것인가?"

단테는 깜짝 놀라 그에게 대답하였다.

"왜냐고? 내 기억이 옳다면 네 머리칼이 그처럼 젖어 있지 않을 때 너를 본 것 같기 때문이다. 그대는 루카의 귀족이며 백장미 단원인 알레시오 인테르미네가 아니냐? 그러기에 너를 알아보는 것이다."

그러자 그가 제 머리통을 후려치면서 탄식했다.

"나를 이 지경으로 만들어서 이 지옥에 떨어뜨린 것은 아첨하는 습관이다. 내 혓바닥은 지칠 줄 몰랐다."

베르길리우스는 단테에게 다시 말하였다.

"눈을 들어 좀 더 앞을 보라. 저기 머리칼을 헝클어뜨린 더러운 얼굴의 여인을 알아볼 수 있겠나? 똥 묻은 손톱으로 몸을 긁적거리다 몸뚱이를 비틀며 갑자기 일어났다 앉았다 하는 저 계집이 바로 창녀 타이데다. 자, 이제 눈요기는 그만하세."

단테를 채근하여 그곳을 빠져나온 시간은 성토요일 아침 6시경이었다.

그들은 제3원에 도착했는데, 그곳은 성직(聖職)이나 성물(聖物)을 매매하거나 모독한 자들이 벌을 받는 곳이었다. 단테는 이곳에서 시(詩) 한 수를 노래했다.

오, 마술사 시몬이여,
오, 측은한 추종자들이여.
그대들의 신과 영합되어야 할진대
물욕 때문에 하느님의 거룩한 성물들을
금과 은으로 바꾸어 더럽히고 있으니
이제 이곳 셋째 구덩이에 빠지게 된 너희들을 향해
심판의 나팔 소리가 울려 마땅할 것이로다

그들은 벌써 구렁 한복판에 솟아 있는 건너편 돌다리로 올라서 다음에 있는 제4원에 도착했다. 단테는 다시 한번 시를 읊었다.

오 높으신 지혜여,
하늘과 땅에 또 사악한 세상에
나타나시는 그 권능이야말로
얼마나 크옵시고
또 그분은 당신의 능력을

얼마나 의롭게 드러내시는가!

단테는 그곳에서 가장자리와 바닥에 모두 똑같은 크기의 구멍이 뚫려져 있는 것을 보았다.

그 구멍은 살아 있는 돌덩이들로 가득 채워져 있었다. 그 구멍 사이에는 죄 지은 영혼의 발이나 정강이, 때로는 넓적다리가 솟아 있었고 다른 부분은 그 속에 있었다.

그들 모두의 발바닥에는 불이 붙어 있었기에 그 삐져나온 사지가 퍼덕거리는 모양은 노끈이나 밧줄이라도 끊을 정도로 심하게 요동치고 있었다.

마치 기름 덩어리에 불이 붙으면 불길이 그 표면을 에워싸고 펄럭거리며 치오르듯 발뒤꿈치에서 정강이로 불길이 번지는 모습이 그러하였다.

"스승이시여, 저자는 대체 누구이기에 다른 사람들보다 훨씬 더 고통을 당하고 있으며, 시뻘건 불길이 그 발바닥을 잔인하게 핥아대고 있는 것입니까?

단테가 베르길리우스에게 물었다.

"여기보다 좀 더 낮은 곳으로 내려가면 저자의 입을 통해 그의 죄상을 직접 알게 될 것일세."

베르길리우스는 이렇게 대답하면서 그를 데리고 제

4원의 언덕에 올라 왼쪽으로 꼬부라져 좁은 구멍이 수없이 뚫린 골짜기 아래로 내려갔다.

베르길리우스는 다리를 요동치며 울고 있는 자의 구멍 바로 밑으로 단테를 인도했다.

"오, 말뚝처럼 처박혀 있는 그대는 누구인가. 슬픈 영혼이여, 말할 수 있으면 말해보시오."

단테가 말을 건넸다. 단테의 모습은 마치 사악한 살인자가 죽음을 조금이라도 늦추려고 참회하는 말을 들어주는 사제와도 같았다. 그 가엾은 영혼은 두 발을 온통 비틀어대며 한숨을 쉬면서 울음 섞인 목소리로 대답하였다.

"그대가 원하는 것이 무엇인가? 내가 누구인지 알고 싶어서 이 언덕을 내려왔다면 숨김없이 가르쳐주리라. 나는 교황이었노라. 니콜라스 3세인 나는 오르시니 가문의 아들로서 우리 가문의 번영을 위하여 재물을 모았으나, 여기 내가 처한 모습이 마치 이승에서 내가 재물을 전대 속에 처박았던 모습과 같도다. 내 머리 밑에는 나보다 앞서 성직을 모독한 법왕들이 바위틈 사이에 숨어 있노라. 나 역시 저 아래로 떨어질 테지. 이미 내가 이처럼 매달려 발바닥을 태우는 고통을 받기 시작한 지도 꽤 되었기 때문이다."

단테는 어쩌면 어리석은 짓일지도 모를 이야기를 다시 내뱉었다.

"자, 우리 주님께서 사도 베드로에게 천국의 열쇠를 맡기실 때 과연 그 대가로 보물을 요구하셨는지 말해 보시오. 그분은 '나를 따르라!'고 하신 것 외에 요구하신 것이 없었음이 분명하지 않은가 말이오. 죗값을 치러야 할 유다 이스가리옷이 잃어버렸던 그 자리에 마티아가 대치되었을 때도, 베드로나 다른 제자들이 결코 그에게서 금이나 은을 갈취하지 않았음을 모르시오? 그러니 그대는 마땅히 벌 받고 있어야 하리로다. 그대는 샤를 왕을 속여 부정하게 갈취한 재물이나 잘 간수하시오. 그대가 즐거웠던 세상에서 간직하고 있었던 신성한 열쇠에 대해 내가 지금까지 존경심을 가지고 있지 않다면 아마도 더 혹심한 말을 했을 것이오. 그것은 그대들의 탐욕이 선인들을 짓밟고 악인(惡人)의 영화를 누리는 슬픈 세상을 만들어놓았기 때문이오."

단테가 이처럼 저주스런 말을 퍼붓고 있는 동안 그는 분노에 떠는지 아니면 양심에 찔려서인지 두 발을 심하게 떨었다. 베르길리우스는 단테의 말에 귀를 기울이면서 만족스런 모습을 하고 있었다.

그는 단테를 다시 꼭 껴안듯 붙들고 벼랑길을 다시

올라가, 제4원 가장자리와 제5원에 걸쳐 있는 활꼴 모양의 다리 꼭대기까지 데리고 갔다. 산양들조차 지나기 어려운 험준하고 좁은 길을 다시 지나서야 그는 단테를 살며시 내려놓았다. 단테는 그 옆에 펼쳐진 깊은 골짜기를 널리 내다볼 수 있었다.

망령의 도시

단테는 탄식의 눈물로 멱을 감고 있는 처절한 모습이 훤히 들여다보이는 곳에 와 있었다. 그는 이 둥근 골짜기를 묵묵히 눈물 흘리며 지나가는 사람들을 발견하였다. 좀 더 자세히 관찰하던 그는 그들의 기괴하고 섬뜩한 형상을 보고는 놀라지 않을 수 없었다.

그들은 모두 턱에서부터 앞가슴까지 마치, 비틀어 꼬아놓은 것처럼 얼굴이 등 쪽을 향하고 있어 앞을 바라볼 수 없었다. 중풍에 걸리거나 전신이 마비되면서 목이 뒤틀린 환자들이라면 모르겠지만, 상상하기조차 어려울 정도로 이상한 모습이었다.

단테는 그 눈에서 쏟아진 눈물이 앞으로 흘러내리는 것이 아니라 이상하게 비틀어진 몸뚱이 때문에 등줄기를 타고 엉덩이를 적시는 참상을 보면서 그 처절한 모습에 눈물을 참을 수가 없었다. 그가 딱딱한 바위 모서리에 기대어 진정으로 울고 있을 때, 베르길리우스가 다가와 그를 꾸짖으며 설명하기 시작했다.

"어찌하여 그대는 눈물을 흘리고 있는 것인가? 아직까지 어리석음을 벗어나지 못한 멍청이처럼, 여기서는 신의 심판에 대해 동정을 느끼는 것처럼 큰 불경은 없다네. 머리를 들고 몸을 꼿꼿이 세워 앞에 있는 저 사나이를 보게. 그는 테베인 눈앞에서 대지가 입을 열어 삼켜버렸기에 갑자기 사라졌던 인물이라네. 테베인들은 그를 위해 '어디로 떨어지려는가, 암피아라오스여! 진정 싸움터를 버릴 생각인가?' 하고 외쳤지만, 그는 땅에서 떨어지는 모든 것을 깡그리 잡아들이는 미노스에게 가기까지 지옥의 골짜기를 벗어날 수 없었지. 자세히 보게, 놈은 등을 가슴으로 삼고 있지 않은가 말일세. 그는 너무나 앞일을 내다보고 싶어 했기에 이제는 뒤를 보며 뒷걸음질을 칠 수밖에 없게 된 셈이지."

베르길리우스는 계속해서 몇 명의 신원을 밝히면서 설명하였다. 그중에는 교미하고 있는 두 마리의 뱀을 회초리로 후려친 대가로 여성으로 둔갑하였다가 7년 후에 남성으로 되돌아오기 위해 두 마리의 뱀을 또다시 지팡이로 후려쳐야 했던 테베의 점쟁이 테이레시아스, 루니의 산 위에 있는 동굴을 거처로 삼아 별들과 바다를 자유롭게 바라보면서 점성술에 막힐 것이 없었던 에트루리아의 점쟁이 아론타, 흐트러진 머리칼을 가슴까지 치렁치렁 늘어뜨린 채 테베에서 아버지인 테이레이아스가 죽었다는 소식을 듣고 오랫동안 세상을 돌아다니다가, 현재의 만토바가 자리 잡고 있는 곳에 와서 거처를 마련한 만토에 이르기까지 설명은 계속되었다.

베르길리우스의 설명 속에 등장하는 아름다운 곳, 만토바는 단테의 고향으로 알프스 아래 호숫가에 자리 잡은 이탈리아의 도시였다.

베르길리우스는 그 밖에도 그리스의 예언가 칼카스, 스코틀랜드의 천문학자이며 마술사인 마이클 스콧, 이탈리아 포클리에의 점성술사 귀도 보나티, 풀잎의 즙을 내어 제 아비를 젊게 하려 했던 마술사 메데이아 등을 열거하면서 걸음을 멈추는 일 없이 앞으로 나아갔다.

그사이에 그들은 제8옥의 제5원으로 접어들었다. 단테는 베르길리우스를 따라 제5원에 이르는 다리 꼭대기에 다가가 그 굴을 쳐다보았다. '악의 주머니'처럼 생긴 말레볼제의 틈바구니에서 끊임없이 쏟아지는 신음소리를 듣고 멈추어 섰지만 거의 아무것도 볼 수 없을 정도로 캄캄하고 기분 나쁜 어둠이 깔려 있었다. 그곳은 마치 베네치아의 선창에서 배를 수선하고 칠을 하기 위해 역청(천연산의 탄산수소 화합물. 콜타르)을 끓이는 것과 같은 모습이었다.

그곳은 불길은 보이지 않았지만 하느님의 힘으로 진한 역청이 그 깊은 바닥에서부터 부글부글 끓어올라 굴 양편의 둑을 새까맣게 칠해놓고 있었다.

단테는 그 속에서 온통 부풀어 오르다가 사그라지는 거품을 넋을 잃고 바라보고 있었다. 그러자 베를리우스가 "위험하니 정신 차려!" 하고 말하면서 단테를 끌어당겼다.

그때 단테는 몸을 일으키면서 위를 쳐다보았는데, 거기에는 시커먼 마귀 한 놈이 돌다리 위로 달려오는 것이 보였다.

그 마귀의 얼굴이 얼마나 무섭고 사나운지 단테는 겁에 질려버렸다. 그 고약한 마귀는 한 죄인을 부풀어 오른 어깨 위에 둘러메고 그 발목을 꽉 잡고 있었는데, 그러면서도 가볍게 날 듯 날개를 펼쳐 달려오는 몸짓이 가혹한 느낌을 더했다. 그 악마가 다리 위에서 소리쳤다.

"오, 말레브란케여! 보라, 이자는 성녀 지타를 다스리던 장로 중 한 사람이로다. 이놈을 처박게나. 난 저런

놈들을 가득히 모아둔 그 고을로 다시 돌아갈 것이네. 본투로뿐만 아니라 그곳에는 너 나 할 것 없이 더러운 도둑놈들만 득실거린다네. 그들은 모두 돈만 주면 '네'를 '아니오'라고 내뱉는 자들이지."

악마는 그렇게 말하고선 그 사나이를 앞으로 던져버리고 돌아갔다.

그자가 물에 풍덩 잠겼다가 다시 떠오르자 이번에는 다리에 숨어 잇던 마귀들이 외쳤다.

"여기서는 위대한 얼굴도 소용없고, 또 세르키오강에서처럼 헤엄칠 수도 없다. 그러니 우리의 쇠갈퀴를 원치 않거든 역청 속에서 춤이나 추어라."

그렇게 외치고서는 100개도 넘을 작살로 그를 찔렀는데, 그 광경은 마치 요리사가 고기를 요리하는 것과 같은 모습이었다.

"그대는 여기 숨어 있는 것이 보이지 않도록 바위를 방패 삼아 숨어 있도록 하게. 그리고 나에게 어떤 공격이 가해져도 무서워하지 말 게. 나는 이전에도 그 같은 일을 많이 겪어 잘 알고 있으니 말일세."라고 말하고는 다리 저쪽을 향해 앞으로 나아갔다.

그가 여섯 번째 언덕에 이르자마자 악마 떼들은 다리 밑에서 뛰어나와 그를 향해 갈퀴를 휘둘렀다.

"너희들 그 누구도 내게 행패를 부릴 생각은 말아라. 네놈들이 나를 그 작살로 지를 양이라면 그보다 먼저 네놈들 중 하나가 앞으로 나와 내 말을 듣고 난 후에 찌르든지 말든지 의논해서 처리하도록 하라."

베르길리우스가 말하자 마귀들이 소리쳤다.

"말라코다여, 네가 나가거라."

그러자 그중 한 놈이 나와 베르길리우스에게 접근했다. 베르길리우스가 그에게 말했다.

"말라코다여, 너희들 모두가 우리가 가는 길을 방해하는 것이 분명한데도 불구하고 우리가 여기를 통과하고자 하는 것이 하느님의 뜻과 섭리의 힘이 없이 가능하다고 생각하느냐? 내가 저분에게 이 숲길을 안내하도록 하늘이 바라신 것이니, 가도록 내버려두게."

그러자 말라코다가 교만한 모습을 지우고 갈퀴를 땅에 떨어뜨리고는 동료들에게 만류하는 말을 했다. 그제야 베르길리우스는 단테에게 말했다.

"바위 밑에 숨은 그대여! 이제는 괜찮으니 마음 놓고 내게 오라."

단테가 그 말을 듣고 재빨리 움직여 그에게로 가자 다른 마귀가 모두 앞으로 용수철처럼 튀어나왔다. 단테는 혹시라도 그들이 언약을 지키지 않을까 봐 걱정되어 의심스런 눈길을 던졌다.

"저놈의 궁둥이에 이걸 대보면 어떨까?"

"그래, 한번 맛을 보여주자!"

그놈들이 서로 갈퀴를 내리면서 중얼거렸다. 그러자 베르길리우스와 이야기했던 말라코다가 재빨리 몸을 돌려 그들을 저지했다.

"치워라!"

그러고는 베르길리우스와 단테를 향해 말했다.

"여섯 번째 굴다리의 바닥이 무너졌으니 그대들은 이 위로 더 나아갈 수 없습니다. 그래도 가야 한다면 이 굴을 지나서 위로 올라가십시오. 그 근처에 길이 될 수 있는 돌다리가 있을 것이오. 이제 이맘때보다 다섯 시간 후가 바로 이 길이 무너진 지 1천 266년이 되는 시간이었답니다. 내가 그쪽에 이들 가운데 몇을 보내 누가 있는지 살펴보도록 할 것이니 그대들은 그들과 함께 가십시오. 절대로 해치지는 않을 것입니다."

그러고는 계속해서 그의 동료들에게 명령하였다.

"알리키노와 칼카브리나, 앞으로 나오라. 그리고 카나초와 바르바리치아도, 한 열 놈쯤 데리고 가라. 너희들이 앞으로 나아가면서 끓어오르는 저 둘레를 잘 살펴보고, 이 굴들을 가로지르도록 놓인 돌다리까지 이분들을 무사히 모셔다드리도록 하라."

단테는 기분이 꺼림칙하여 베르길리우스에게 말했다.

"저 앞에 보이는 것이 무엇인지요? 길을 아신다면 안내가 없이 우리끼리 가면 안 될까요? 저로서는 아무것도 원하지 않는데, 저놈들이 부득부득 이를 갈면서 우리를 위협하는 것이 보이지 않습니까?"

그러자 베르길리우스가 단테를 안심시켰다.

"걱정 말게. 그들이 이를 가는 것은 역청에 잠겨 괴로워하는 놈들 때문이니 신경 쓰지 말게."

그리하여 단테는 베르길리우스와 함께 열 마리의 악마들을 따라 다섯 번째 굴을 지나가게 되었다.

그들은 역청의 늪 가장자리를 따라 걸어갔다.

단테는 열 마리의 악마와 동행하는 것이 무시무시했다. 그러나 그는 역청이 부글부글 끓어오르는 못 속에서 눈을 떼지 못했는데, 단테는 그런 경황 중에도 구덩이의 모양뿐만 아니라 그 속에서 타고 이는 무리의 모습을 보려고 안달을 했다. 그때 돌고래들이 등을 수면 위로 내밀어 뱃사공들에게 태풍이 불 것을 알리는 것처럼, 죄인들이 고통을 조금이라도 덜기 위해 등을 내보이다가 번갯불이 번쩍이는 것처럼 순식간에 그 모습을 감추었다.

그리고 한편에서는 웅덩이 물가의 개구리 떼들이 코끝만 밖에 내놓고 발목과 몸뚱이는 물속에 감추고 있는 것처럼, 죄인들이 사방에서 그와 같은 꼬락서니로 서 있었다. 그렇지만 그들은 악마 바르바리치아가 가까이 가기만 하면 부글부글 끓는 늪 속으로 숨기에 바빴다.

단테는 그 가운데서 혼자 우물쭈물하고 있는 한 사나이를 발견했다.

그는 다른 모든 개구리들이 물속으로 뛰어드는데도 혼자 남아 눈을 껌벅거리고 있는 개구리와 다름없는 모양새였다.

그러자 단테 바로 앞에 있던 악마 그라피아카네가 역청에 찌들어 있는 그의 머리칼을 움켜쥐고 끌어냈는데 그 모습이 마치 물개와도 같이 끔찍했다. 그러자 다른 마귀들이 합창하듯이 외쳤다.

"오, 루비칸테. 그놈의 등줄기에 갈퀴를 꽂아 껍질을 벗겨내렴."

단테는 소름 끼치는 그 광경을 보고 베르길리우스에게 그가 누구인지만이라도 알 수 있게 해 달라고 부탁했다. 베르길리우스가 그 사나이에게 다가가 어느 나라 출신인가를 묻자, 그는 자기가 나바르 왕국에서 태어났다고 대답했다. 그는 자기 모친이 그녀의 정부(情夫)와 결혼한 후 재산을 탕진하였기 때문에 그를 귀족집의 하인으로 보냈는데, 그 후 테오발도 왕의 재산 관리인이 되어 횡령을 일삼은 대가로 이토록 뜨거운 형벌을 받고 있다고 말했다

그의 이름은 치암폴로였다. 그러자 갑자기 멧돼지처럼 이빨이 삐져나온 악마 차리악토가 치암폴로를 물어뜯었다.

베르길리우스가 다시 물었다.

"저 역청 못 밑에 있는 사람들 가운데 라틴인이 누가 있는지 혹시라도 알면 대답해보라."

치암폴로가 나서서 대답하려는데, 악마 리비코코가 쇠갈퀴로 그의 팔을 찍어 살점을 떼어내고 드라기냐초도 그의 정강이를 후려쳤다. 그들이 치암폴로를 거꾸러뜨리려고 미친 듯 날뛰는 것을 바르바리치아가 겨우 진정시키자 치암폴로가 말을 계속했다. 역청 못 밑에 잠겨 있는 라틴인은 사르디니아의 수도사 고미타인데, 그는 갈루라의 영주 밑에서 서기 노릇을 하며 영주 미스콘티의 신임을 얻었으나 뇌물을 먹고 포로들을 놓아준 자였다.

치암폴로는 계속해서 말을 더 하고 싶어 했지만, 악

마 파르파렐로가 그를 바라보며 이를 갈고 있는 모습을 보고는 입이 얼어붙어버렸다.

치암폴로는 성급한 마귀들이 자기를 공격하려는 걸 보고 빠져나갈 수 있는 속임수를 생각해냈다. 그는 만약에 악마들이 자기에게서 조금 떨어지면 휘파람을 불어 다른 죄인들이 역청 속에서 얼굴을 내밀고 나오게 할 수 있다고 했다.

그러나 악마 카냐초는 그의 꾀를 알아보고는 입을 삐죽거리면서 치암폴로가 역청 속으로 다시 도망치려 하고 있음을 말했다. 그러나 악마 알리키노는 그가 뛰어들기 전에 충분히 낚아챌 수 있을 것이라고 동료들에게 말하면서 조금씩 뒤로 물러서게 했다. 도망가는 사냥물을 낚아채는 사냥꾼의 장난과 같은 것이었다.

악마들의 장난기를 이용해 거리를 확보한 차암폴로는 순식간에 역청 속으로 뛰어들었다. 갑작스런 차암폴로의 탈출극에 당황한 악마들은 분노했고, 특히 속임수에 넘어간 알리키노는 누구보다 더 분개하여 날개를 펴 치암폴로를 뒤쫓았다.

그러나 치암폴로는 마치 매가 자신을 노리고 하강하는 것을 알아차리고 성급히 물속에 잠겨버린 들오리처럼 벌써 역청 속으로 들어가버렸다.

그러자 칼카브리나가 화가 치밀어 알리키노에게 대드니 악마끼리 싸움이 붙은 꼴이 되었다. 두 악마는 서로 얽히고설켜 싸우다가 부글거리는 역청 못 속으로 떨어지고 말았다. 그놈들은 갑자기 뜨거운 역청 못에서 서로 떨어졌으나 날개가 역청에 달라붙어 일어나지도 못했다.

단테와 베르길리우스는 역청으로 뒤범벅이 된 악마들을 내버려두고 서둘러 걸어 제6원에 이르렀다.

모략과 위선의 나라

그들이 다다른 제6원(여섯 번째 하부 지옥)의 구덩이에는 위선자들의 영혼이 가득했다. 그들은 고통에 울부짖으며 느릿느릿 걸어가고 있었는데, 마치 한여름의 긴긴 해를 힘겹게 보내듯 피로하고 지친 모습이었다.

이 위선자들의 영혼은 눈 위까지 외투에 달려 있는 모자를 눌러쓰고, 망토를 걸치고 있었다. 그 망토는 쾰른의 수도승들이 입던 화려한 수도복과 같은 모양이었는데, 겉은 금빛으로 찬란했으나 그 안은 납으로 되어 있어 페데리코 2세가 반역 죄인들에게 입히던 납으로 만들어진 갑옷보다도 훨씬 무거웠다. 위선자들의 영혼이 걸치고 있어야 하는 이 옷은 이들을 영원토록 힘들게 하는 망토이며, 위선자들이 다른 사람들을 속이고 자신을 지키기 위해 제 손으로 마련한 갑옷이었다.

단테와 베르길리우스는 그들 곁에서 함께 걸었다. 위선자들이 너무나 천천히 움직였기 때문에 그들의 발걸음이 위선자들의 무리를 순식간에 스쳐 지나가는 것처럼 보일 지경이었다. 단테는 그들을 바라보면서 베르길리우스에게 요청했다.

"이들 중에 그 행실로 이름이 알려진 사람이 있는지 찾아봐주시지요."

이때 단테의 토스카나 사투리를 알아듣고 그의 등 뒤에서 소리치는 사람이 있었다.

"어두운 이 지옥 길을 그토록 빠른 걸음으로 지나가는 당신들은 도대체 누구시오? 제발 발걸음을 멈추시오. 그대들이 알고자 하는 것이 있다면 내게서 들으면 되지 않겠소?"

베르길리우스가 걸음을 늦추면서 단테에게 말했다.

"잠깐 기다렸다가 저자와 발맞추어 걷도록 하세."

단테는 우뚝 멈춰 서서 기다렸다. 그러자 뒤에서 두 영혼이 그들에게 다가오려 서둘렀지만 무거운 갑옷과 좁은 길 때문에 여의치 않았다. 그들은 단테에게 다가온 후 한동안 말없이 쳐다보다가 서로 말을 주고받았다.

"이자들이 목을 움직이고 있으니 분명히 살아 있는 자들일세. 이미 죽은 자들이라면 어찌 이런 곳에 있으면서 이 무거운 갑옷을 입지도 않고 갈 수 있단 말인가?"

그들은 단테를 향해 애원했다.

"오, 토스카나의 친구여, 그대 비록 이 불쌍한 위선자들 가운데 왔으나 그대가 누구인지 꺼림 없이 말해주시오."

"내가 태어나 자란 곳은 아름다운 아르노 강가의 커다란 도시 피렌체요. 나는 조금도 변함없이 살아 있는 자라오. 그런데 당신들은 누구인가? 내 보니 그대들의 볼에는 괴로움이 눈물 되어 흐르고 있지 않은가? 그런데도 그대들의 모습이 금빛 옷으로 빛나고 있음은 어찌된 일인가?"

단테가 물었다. 그러자 다른 한 영혼이 대답했다.

"이 황금빛 외투는 납으로 되어 있는데 저울에 달면 저울이 납작해질 정도로 무겁습니다. 우리는 볼로나 출신으로 '마리아 기사단'의 수사들이었소. 내 이름은 카탈라노이고 이 사람은 로데린고인데, 우리는 피렌체의 평화를 수호하기 위해 도움의 요청을 받던 자들이었으며, 지금도 가르단고에서는 우리를 기억하고 있을 것이오."

"아니, 그렇다면 그대들의 죄목은……."

단테는 다시 말을 꺼내려다 입을 다물어버렸다. 그들 앞에 말뚝에 매여 십자가형을 받는 자가 나타났기 때문이다. 말뚝에 묶여 있는 그는 단테를 보자 탄식하며 몸을 비틀었다. 그 꼴을 보고 카탈리노가 단테에게 말했다.

"저자가 바로 바리새인들에게 온 민족이 멸망하는 것보다 한 사람이 백성들을 대신해서 죽어야 한다고 강권했던 대사제 가야바라오. 그는 저처럼 말뚝에 십자형으로 묶인 채 땅바닥에 길게 누워 있으니, 그를 딛고 지나가는 사람이 얼마나 무거울지 누구보다 먼저 알 것이 아니겠소? 그와 같은 모양으로 그의 장인 안나스와 유대인들에게 죄악을 안겨준 공회당에 함께 있었던 모든 영혼이 이곳 구덩이에서 형벌을 받고 있는 것이오."

단테는 베르길리우스도 그들이 이처럼 혹독한 모습으로 영원한 형벌에 처해져 있음을 보고 놀라는 모습을 보았다.

이윽고 베르길리우스가 그 수사에게 이곳을 빠져나가는 출구가 어디 있는지 묻자, 그는 바윗덩어리가 굴뚜껑을 가로막고 있다고 말해주었다. 베르길리우스는 단테를 데리고 돌다리가 허물어진 바위틈 사이로 언덕을 올라 일곱 번째 구덩이에 도착했다. 천신만고 끝에 벼랑 꼭대기로 올라가 활꼴 문 앞에 이르자 알아듣지 못할 소리들이 들려왔다.

구덩이 속을 들여다보았으나 잘 보이지 않자 단테는 베르길리우스에게 청해 다시 여덟 번째 굴과 이어지는 다리 사이로 내려가 자세히 바라보았다.

단테는 그 안에서 무시무시한 뱀의 무리를 보았다. 그 무서운 형상과 수없이 많고 기괴한 뱀들을 보면서 단테는 피가 얼어붙는 듯한 기분을 느꼈다.

이 뱀들은 생김새도 야릇하고 독한 악취를 내뿜기도 했는데 리비아 사막, 에티오피아 사막, 아라비아 사막에 이르기까지 어디에서도 그처럼 흉측한 모습을 볼 수 없을 정도였다.

그런데 그 뱀으로 가득한 구덩이 속에서 벌거숭이 인간들이 벌벌 떨면서 몸을 숨길 장소도 찾지 못한 채 도망치고 있었다. 도망치는 영혼의 양손을 뱀들이 등 뒤로 묶고 있었으며, 그 허리를 조이는 뱀의 꼬리와 대가리가 배꼽 앞에 엉켜 있었다.

그때 갑자기 그들 앞에 있던 한 사나이에게 뱀이 달려들어 목덜미를 물어뜯어버렸는데, 그 순간 그 사나이는 온몸에 불이 붙어 순식간에 재가 되어버리고 말았다.

그러나 그 한 줌의 재는 또다시 제 모습을 되찾았는데, 이는 마치 불사조가 되살아나는 것과 같은 모습이었다. 그러나 되살아난 그 영혼은 그가 겪은 커다란 고통과 또다시 겪게 될 고통을 생각하면서 탄식의 숨을 몰아쉬었다.

이처럼 끝없이 반복되는 형벌을 보고 단테는 신의 위엄과 관능이 얼마나 크고 지엄한지를 깨닫지 않을 수 없었다.

베를리우스가 그를 보고 누냐고 묻자 그가 대답했다.

"나는 얼마 전에 토스카나에서 마치 빗방울이 떨어지는 것처럼 이 구덩이 속으로 떨어졌소. 나는 어차피 노새처럼 서자(庶子, 첩에게서 난 아들)로 태어났으니, 짐승 반니 푸치란 나를 가리키는 말이오. 그것은 피스토이아가 내게 알맞은 굴이었음을 증명해주고 있음이요."

그의 말을 들은 단테가 베르길리우스에게 말했다.

"그에게 도망치지 말라고 명령하십시오. 내가 그를 본 기억이 있으니, 그가 어떤 죄로 여기에 와 있는지 물어봐야겠습니다."

그 죄지은 영혼은 단테의 말을 듣고는 그를 눈여겨보다가 부끄러움으로 낯을 붉히면서 말했다.

"나는 그대가 비참한 모습으로 이곳에 있는 나를 알아보는 것이 더욱 괴롭기 짝이 없소. 내가 이토록 지옥의 밑바닥에 떨어져 있는 것은 감실 속에 있는 성물(聖

物)을 훔치고, 그 죄를 남에게 덮어씌웠기 때문이오. 그대가 만일 지옥을 벗어나더라도 내 꼴을 보고 기뻐하지 않도록 내가 한 가지 일을 예언할 테니, 귀를 씻고 잘 들어두도록 하시오. 먼저 피스토이아에서 흑당이 망할 것이요. 그리고 피렌체도 망하여 사람도 법률도 바뀔 것이오. 전쟁의 신 마르스가 어둠에 휩싸인 마그라 계곡에서 번개가 치면 그것이 맹렬한 태풍을 동반하여 피체노 벌판에서 전투가 벌어질 것이오. 번개가 안개를 거두어버리면 백당이 큰 상처를 입게 될 것이오. 내가 이 말을 하는 것은, 그대에게 고통을 주기 위해서요."

이야기를 끝내면서 도둑놈 푸치는 손을 높이 들어 더러운 주먹질을 해보이며 외쳤다.

"하느님아, 이거나 먹어라!"

그러자 뱀 한 마리가, '이제 더 이상 지껄이지 못하게 하겠다.' 하고 말하듯 날아가 듯, 날아가 그의 목을 휘감아버렸다. 뒤이어 또 한 마리가 그의 팔을 물고 늘어졌는데 서로 꼬리와 대가리를 맞붙이자 그의 양팔을 분지르기라도 하듯이 조이게 되었다. 단테는 그 광경을 보고 한탄해마지 않았다.

"아, 피스토이아여, 피스토이아여, 이 이상 끔찍한 죄악이 계속되지 못하도록 어이하여 재로 돌아가지 못했는가? 지옥의 그 어느 곳에서도 아직 이처럼 신을 모독하며 거역하는 영혼을 본 적이 없느니라. 테베 성벽에서 떨어진 자조차도 그대 같지는 않았도다."

단테가 피스토이아를 저주하는 사이에 반니 푸치는 더 이상 말을 못 하고 도망가고 말았다.

그때 갑자기 반인반마의 켄타우로스가 크게 외치며 그를 쫓아왔다.

"그토록 혀끝을 나불거리는 놈이 도대체 어디 있느냐?"

그의 등판은 마렘마 늪에 있는 물뱀 숫자보다도 많은 뱀으로 덮고 있었고, 양어깨와 뒷목덜미에는 두 날개를 활짝 편 용 한 마리가 도사라고 앉아 그에게 다가오는 자들에게 불을 내뿜었다.

베르길리우스가 단테에게 말했다.

"저놈이 바로 악명 높은 도둑 카쿠스일세. 헤라클레스의 가축들을 훔치는 부정한 행위를 저질렀기 때문에 제 동료들과 어울리지 못하고 결국은 헤라클레스에게 몽둥이로 맞아 죽었다네."

그러자 그들 앞으로 유명한 도둑들의 망령인 아뇰로, 부오조, 시안카토 등이 다가왔다.

단테는 그의 눈앞에서 갑작스레 벌어진 처참한 광경에 놀라 베르길리우스의 말을 가로막고 그 앞을 가리켰다.

거기에는 발이 여섯 달린 뱀의 형상을 한 치안과 도나티가 아놀로에게 달려들어 온몸을 휘감으니 촛농이 녹아 형체가 사라지듯 순식간에 끔찍한 모습으로 변해버리는 일이 벌어지고 있었다.

그와 같은 광경은 계속 벌어졌다. 마치 삼복더위에 번갯불이 내려치는 것처럼 재빠르게 도마뱀처럼 생긴 새끼뱀이 나타났는데 그가 바로 카발칸티였다. 그놈은 다짜고짜 부오조의 배꼽을 물고 늘어졌다. 부오조는 그놈이 물어뜯자 다리가 굳고 마치 열병에 걸린 것처럼 하품을 할 따름이었다. 그들은 서로 마주 보고는 연기를 내뿜기 시작했다. 부오조란 놈은 물린 상처에서, 뱀은 아가리에서 연기를 내뿜었고 그 연기가 서로 맞부딪쳐 섞여버렸다.

그놈들이 내뿜은 연기가 서로 섞이는 순간, 뱀과 사람이 서로의 본 모습을 바꾸는 무서운 변형의 뒤바꿈이 이루어졌다. 뱀은 두 갈래로 나누어지고 사람은 양다리가 꼬였다.

뱀의 껍질은 오히려 사람처럼 반반해지고 앞발이 길어졌다. 이어서 연기가 새로운 빛깔로 서로를 가리자 뱀의 꼬리가 갈라져 사람의 형상이 되고, 사람은 뱀이 되어 서로 쳐다보았다.

뱀은 사람처럼 두 발로 서고, 사람은 뱀처럼 땅에 드러누웠다. 사람이 된 뱀은 관자놀이와 콧부리에 귀와 코 그리고 입의 형태를 이루고, 뱀으로 변형된 사람은 코를 길게 뽑고 두 갈래로 나뉜 혀를 벌름거렸다.

단테는 이와 같은 변형이 결코 부러운 것이 아니며, 물질을 재빨리 뒤바꾸는 도둑질의 끔찍한 형벌로 인성(人性)과 뱀의 본성(本性)이 바뀌는 것임을 고백했다.

이는 바로 도둑들이 남의 재산을 훔쳐 제 것으로 바꾸었으므로, 죽어서도 그에 대한 보속으로 제 몸뚱이를 끔찍한 뱀에게 끝없이 도둑맞는 형벌이 되풀이된다는 것을 비유한 것이다.

기만과 모략의 불꽃

단테는 제 몸도 제대로 간수하지 못하는 도둑들의 굴에 피렌체인이 다섯이나 있음을 보고 크게 실망하는 동시에 조금은 걱정되어 괴로움을 참지 못하고 탄식했다.

그는 다시 베르길리우스를 따라 험준한 바위투성이의 길을 올라가 제8원의 가장자리에 도달했다. 여덟 번째 하부 지옥에서는 사기와 모략을 일삼던 영웅과 왕자들이 형벌을 받고 있었다.

단테가 그 구덩이의 밑바닥을 들여다보자 그곳은 온통 불꽃이 타오르고 있어 번쩍번쩍하는 불빛이 마치 반딧불이 수없이 날아다니는 것처럼 보였다.

그 불꽃들은 제각기 죄인의 등에 붙어 휘감고 있었다. 단테는 그 광경을 보고 구약의 선지자 엘리야가 불수레에 끌려 올라간 모습을 쳐다보는 엘리사의 처지를 머릿속에 떠올렸다.

단테는 그 불꽃들 중 하나가 다른 불꽃들과 달리 그 옛날 테베의 왕 오이디푸스의 아들 에테오클레스와 그의 형제 폴리네이케스가 타 죽은 화형 기둥에서 갈라져 일어났던 불꽃처럼 두 갈래로 타오르고 있는 것을 보고, 그 속에 누가 불타고 있는지 알아봐달라고 했다.

베르길리우스가 대답했다.

"그 불길 속에 있는 자는 바로 트로이 전쟁의 영웅 오디세우스와 디오메데스라네. 그들은 트로이를 약탈한 목마의 계략을 세우고, 상인으로 가장하여 아킬레우스에게서 여인 데이다메이아를 가로채고 그를 트로이 전쟁에 출전시켰으며, 또한 트로이 인들의 우상인 필라디움을 훔쳐낸 벌을 받고 있는 것일세."

단테는 베르길리우스에게 오기세우스로부터 직접 이야기를 들을 수 있게 해 달라고 간청했다.

얼마 후 그 불꽃이 가까워오자 베르길리우스는 단테의 청을 받아들여 불길을 향해 말했다.

"하나의 불꽃 속에 두 개의 불기둥이 되어 타고 있는 그대들, 내 살아생전에 그대들에게 도움이 된 고귀한 문체의 시를 썼음을 안다면 멈춰 서서 너희들 중 누가 어디에서 헤매다 죽었는지 말해주렴."

그러자 바람에 지친 그 불꽃이 중얼거리면서 펄럭거리기 시작했는데, 끄트머리를 이리저리 내저으며 말하는 입 모양이 소리를 내보냈다.

"아이네이아스가 가에타라고 명명한 이탈리아 남쪽 땅에서 1년을 지내고는 부모와 처자에 대한 애정이 그리워 여간 괴로운 심정에 시달린 것이 아니었소. 그래서 마침내 일행 가운데 몇 명만 데리고 한 척의 배에 몸을 싣고 지중해를 나섰던 것입니다. 우리는 멀리 스페인과 모로코에 이르기까지 이편저편의 언덕이며, 사르데냐의 섬과 이 광활한 바다가 씻겨주는 크고 작은 섬들을 두루 보았습니다. 나와 나의 길벗들은 늙고 더디었는데, 그 무렵 우리는 그 누구도 넘어갈 수 없도록 헤라클레스가 표자를 꽂아놓은 저 비좁은 지브랄타 해구(海溝)에 이르렀지요. 우리는 이미 오른쪽으로는 세비야를, 왼쪽으로는 세우타를 떠났는데, 이때 내 동료들에게 이렇게 말했지요. '모든 위험을 무릅쓰고 이곳 서녘 끝에 이른 우리 형제들이여! 아직 우리에게 남이 있는 생명이 많은 것은 아니겠지만 태양의 뒤를 좇아 사람이 없는 세계를 찾아가려는 용기 있는 마음을 거역하지 말아주시오. 우리는 짐승처럼 살아가기 위해 창조된 것이 아니고, 지혜와 덕을 따르기 위해 태어난 것이 아니겠소?' 비록 짧은 연설이었지만 동료들은 가고 싶은 욕망에 불타올라 나중에는 오히려 내가 그들을 멈추게 할 수 없을 정도가 되었지요. 우리는 배 끝을 동쪽으로 향하게 하고 계속해서 남쪽으로 방향을 잡았습니다.

밤이 되자 하늘엔 별들이 반짝이고 북극성은 이미 많이 기울어 얼마 후 그것은 해면 위로 그 모습을 나타내지 못했습니다. 우리들이 대해(大海)로 나온 지 5개월이 지났을 때 저 멀리서 하나의 거대한 산이 나타났는데, 그것은 아무도 본 적이 없는 높은 산, 즉 연옥의 정죄산(淨罪山)이었소. 우리는 그 산을 보고 환호성을 올렸지만, 그 환호성은 곧 비탄으로 변하였지요. 왜냐하면 그 정죄산이 있는 낯선 땅에서부터 불어온 회오리바람이 뱃머리를 냅다 들이쳐 바닷물이 세 번이나 덮쳐 왔고, 네 번째 만에 마침내 신의 뜻대로 뱃머리를 치켜올렸다가 물속에 처박아 결국 우리는 바다 속에 휩쓸려버리고 말았답니다."

말을 마친 후 더 할 말이 없었는지 불길은 곧장 치솟아 올랐다가 잠잠해졌다.

단테가 다시 그곳을 떠나 조금 더 앞으로 갔을 때, 이탈리아 동북부 로마냐 지방을 다스리던 기벨리니 당파의 총수 귀도 다 몬테펠트로의 불꽃을 만났다. 단테가 그에게 여러 가지를 묻자 그가 대답하였다.

"나는 살아 있을 때 우리 당의 상징인 사자처럼 행동하기보다는 여우와 같이 행동했소이다. 나는 온갖 꾀와 술수를 모조리 알고 있었기 때문에 너무나 재주를 잘 부려 그 소문이 땅 끝까지 퍼져 나갔지요. 그러나 마침내 내 목숨이 다했을 때는 프란치스코 수도원 수사가 되었는데, 나는 수도복을 입고 허리띠만 매면 속죄가 될 것으로 생각했지요. 그러나 나는 금욕과 고행을 내팽개쳤고 허리띠마저 저버렸던 것입니다. 그래서 내가 죽자 프란치스코 성인께서 날 위해 오셨지만 검은 악마가 내 생활을 고해바치며 용서할 수 없다고 버텼지요.

나는 왜 그렇게 운이 없었을까요? 그 검은 악마는 결국 나를 미노스에게 끌고 갔는데, 미노스는 나를 보더니 여덟 번이나 꼬리를 몸에 감아 자기의 꼬리를 물어뜯으며 내가 이 여덟 번째 구덩이에서 불을 '뒤집어써야 할 도적놈'이라고 판결을 내려 이곳에 떨어진 것이지요."

그리 탄식한 극는 괴로운 듯 가느다란 불꽃을 돌리면서 사라져 갔다.

단테와 베르길리우스는 다시 돌다리 위를 지나 마침내 또 따른 활꼴 문 위에 이르렀는데, 그 돌다리는 아홉 번째 구덩이를 덮고 있었고, 그 구덩이 속에는 이간질 때문에 벌 받는 자들이 있었다.

생전에 사람들을 중상(中傷)하거나 불화의 씨앗을 퍼뜨린 영혼들이 제각기 기묘한 형벌들을 받고 있었는데, 피투성이가 되어 벌을 받는 무시무시한 광경은 인간의 언어로 묘사하기엔 너무나 힘들 만큼 참혹했다.

단테는 로마인들의 산니티와 피에로의 싸움, 제2차 포에니 전쟁 등등의 사건이 한꺼번에 이탈리아 남부 지방에서 벌어진다고 하더라도 지금 아홉 번째 구덩이 속에서 나타나는 것같이 무서운 광경을 보여주지는 못할 것이라고 탄식을 하였다.

이때 그 망령들 가운데서 턱주가리로부터 항문까지 쫙 갈라진 사람 하나가 나타났다. 그는 두 다리 사이에 창자가 매달린 채였고, 내장은 통째로 드러났으며 위주머니까지 덜렁거리고 있었다.

단테는 깜짝 놀라 그를 뚫어지게 바라보았다. 그러자 그 망령이 단테를 마주보며 두 손으로 가슴팍을 활짝 펴고 말했다.

"나를 보라. 나 마호메트가 어떤 꼴로 찢겨 있는지 보라. 그리고 내 앞에 울며 걸어가고 있는 자는 나의 사위로서 분파를 만들었던 알리인데 그는 턱에서 이마의 털까지 찢기어졌다. 그대가 여기서 보는 모든 자들은 살았을 때 온갖 물의와 분열의 씨를 뿌린 자들이기에 이토록 찢기어진 것이다. 우리 바로 뒤에는 악마가 하나 있어서 우리가 괴로운 이 거리를 빙 돌게 되면 또다시 하나하나 무자비하게 칼로 갈기갈기 찢어놓고 만다. 그것은 다시 그놈 앞으로 나가기 전에 상처가 다시 아물기 때문이지. 아무튼 그 돌다리 위에서 그처럼 느긋하게 우리를 바라보는 그대는 누구인가?"

마호메트가 이렇게 묻고 사라지자 또 한 사람이 다가왔다. 그는 눈썹이 찢어지고 코는 눈썹에 이르도록 잘린 데다 귀는 단 한 개만 가지고 있는 망령이었다.

그 영혼은 피에르 메디치로서, 그는 체사르(시저)로 하여금 루비콘강을 건너도록 충언했던 쿠링의 턱을 받쳐 든 다음 벌려진 입 속에 목 줄기도 혀도 없는 끔찍한 모습을 보게 하였다.

이어서 또 하나의 저주받은 망령의 모습이 나타났는데, 그는 모스가데이 람베르트로서 양손이 다 잘린 채 짤막한 팔을 어두운 하늘로 치켜들고 피투성이가 되어 고함을 치고 있었다.

그러나 그와 같은 잔인한 모습을 본 단테는 또다시 입이 다물어지지 않을 만큼 끔찍한 광경이 눈앞에 벌어졌다.

그 앞에는 목 없는 몸뚱이만의 흉상 하나가 다른 무리와 함께 걸어가고 있었는데 그 망령은 목 떨어진 자기 대가리의 머리채를 쥐고 초롱불인 양 양손에 받쳐 들고 있었던 것이다.

그는 단테와 베르길리우스를 쳐다보며 탄식의 신음 소리를 토해놓았다. 그는 제 몸으로 스스로의 등불을 만든 것이었으니, 그것은 둘이면서 하나요, 하나이면서 둘인 셈이었다. 그는 돌다리 밑에 이르러 대가리를 받치고 있는 양팔을 높이 쳐들어 자신의 말소리를 단테에게 들리게 하였다.

"이제 나의 흉악한 꼴과 끈질긴 형벌을 보시라. 그대 숨 쉬며 죽은 자들을 찾아다니는 자여, 이보다 더 끔찍스러운 모습을 본 적이 있는가? 나는 보르니오의 벨트란드 보론이노로서 젊은 헨리 왕에게 사악한 암시를 주어 제 아비를 모반케 하였던 자요. 나는 아비와 아들을서로 반목케 하였으니, 능란하게 나쁜 짓을 선동한 아히도벨이라 하더라도 압살롬과 다윗의 사이를 이처럼 만들지는 못했을 것이요. 부자지간으로 결합된 자들을 내가 갈라놓았기에 내 몸뚱이에서도 나의 머리를 떼어놓는 이 고달픈 인과응보(因果應報)를 받지 않을 수 없었던 것입니다."

이토록 많은 망령들과 끔찍한 형벌들을 본 단테는 눈이 흐려지고 울음을 터뜨릴 지경이 되었다. 그러나 베르길리우스는 아직도 둘러보아야 할 것은 많고 시간은 촉박하다는 사실을 상기시키며 단테를 재촉하였다.

그들은 제8옥의 마지막 하부 지옥인 열 번째 구덩이에 이르는 다리 위에 도달하였다.

단테는 가기서 말할 수 없이 가혹한 고통의 비명 소리들을 듣게 되는데, 폐부를 찌르는 비명이 너무도 괴로워 이를 듣지 않기 위해 두 손으로 귀를 막기까지 했다.

이 열 번째 구덩이 속에서 겪는 고통은 마치 여름철에 발디카나 섬, 마렘 섬, 사르니디아 섬을 강타하는 온갖 질병을 모두 합쳐 한 골짜기에 채운다면 그 고통은 바로 여기 있는 것과 같을 것이었다.

이곳에서는 하느님의 정의가 위조범들을 벌주고 있었다. 단테는 마치 아이키나 섬에서 사람들이 전부 돌림병으로 쓰러지고, 하늘에는 피고름 냄새와 독기로 가득 차 있었고 작은 벌레에 이르기까지 쓰러져버렸던 것보다, 이 어두운 구덩이 속에서 온 무리가 떼 지어 괴로움을 겪고 있는 광경이 더 끔찍하다고 느꼈다.

이 무리 가운데는 연금술사로 금화를 위조했던 망령

들이 페스트나 문둥병에 걸려 신음하고 있기도 했는데, 특히 돈을 위조했던 자들과 남을 속인 자들은 심한 열병을 앓고 있었으며, 법정에서 위증한 사람들은 격노한 채 울부짖으며 서로 물어뜯고 날뛰고 있었다.

단테가 베르길리우스를 따라 그곳을 빠져나와 이윽고 제9옥에 이르는 길을 찾아 나섰을 때, 그들은 밤도 낮도 아닌 처참한 계곡을 말없이 지나가게 되었다.

그들은 앞을 거의 내다볼 수 없었으나 뿔 나팔 소리를 들을 수 있었다.

단테는 그 나팔 소리가 마치 롱스포 협곡의 접전 끝에 롤랑이 불어대던 나팔 소리 같아 그쪽으로 눈길을 돌렸다. 여러 개의 탑이 둘러싼 땅이 보이는 듯했는데 베르길리우스가 그것은 탑이 아니라 거인들이며, 그 거인들은 모두 배꼽 아랫부분이 언덕 부근에 있는 웅덩이 속에 있기 때문에 그렇게 보이는 것이라고 말해주었다. 조금씩 거리가 좁혀지자 단테도 그것이 탑이 아니라 거인들이라는 것을 확실히 알아볼 수 있었다. 그러나 단테는 그로 인해 무서움이 더욱 커질 수밖에 없었다.

단테는 그 거인들 중에서 한 거인의 얼굴과 몸체를 식별할 수 있었다.

그는 로마의 성 베드로 대성전에 있는 청동으로 만든 솔방울같이 길고 통통한 얼굴을 하고 있었다. 그 거인은 알아들을 수 없는 화난 소리로 그들을 향해 무어라고 외쳐대기 시작했다.

베르길리우스는 그 거인에게, 화가 치밀거든 나팔이나 열심히 불어 화를 가라앉히라고 말하고는 그자가 바벨탑을 연상시키는 니므롯이라고 설명해주었다.

그들은 다시 왼쪽으로 좀 더 나아가다가 더 사납고 큰 다른 거인을 보았다. 그 거인은 제우스의 뜻을 거역하고 사다리를 놓아 하늘에 오르려고 했던 자로 지금은 쇠사슬에 팔이 묶여 못 쓰게 된 것이었다. 베르길리우스는 그 거인들 사이를 헤쳐 나가 안타이오스가 있는 곳에 이르렀다. 베르길리우스는 안타이오스에게 일찍이, 사자 천 마리를 잡아먹은 만큼 그가 운명의 골짜기에서 더 무서운 코키토스의 연못에 떨어지지 않으려면 자기들을 데려다달라고 엄포를 놓으며 달랬다.

그러자 그 거인은 헤라클레스에게 잡혀서 땅으로 떨어지게 되었던 그 손을 내밀어 베르길리우스를 안았다.

그러자 베르길리우스는 단테에게 말했다.

"자, 빨리 오너라. 너는 내가 품에 안을 것이다."

그리하여 단테는 베르길리우스의 품에 안겨 한 몸이

되어 운반되었다.

그 거인은 이들을 들어다 루키페르와 유다를 함께 삼켜버린 밑바닥에 사뿐히 내려놓고 구부렸던 몸을 펴고 사라졌는데, 그 모습은 마치 배의 돛대가 펼쳐지는 모습과도 같았다.

루키페르의 연못

지옥의 제9옥, 거인들이 지키고 있는 이곳은 카인을 효시로 하여 친족을 배반한 자들의 영혼과 신의(信義)를 배반한 자들이 벌을 받고 있었다.

제9옥에는 환상의 강으로 불리는 코키토스의 연못에는 벌을 받는 망령들이 채워져 있었다. '루키페스의 연못'이라고 불리기도 하는 제9옥 코키토스의 연못은 네 개의 원으로 둘러싸여 있었다.

안타이오스의 도움을 받아 베르길리우스의 인도로 마지막 지옥 골짜기인 제9옥에 도착한 단테는 저절로 뮤즈(Muse, 학예의 신)의 도움을 청하는 탄식의 한숨을 내쉬었다.

"우주의 중심인 이 땅 밑바닥을 노래하는 것은 장난삼아 할 수 있는 일이 결코 아니며, 엄마와 아빠를 부르듯이 어리광으로 불러댈 수 있는 흥얼거림이 아니겠는가. 그러니 알피온을 도와 테베를 닫게 한 시(詩)의 여신이여! 내 말이 사실이라면 내게, 그리고 나의 노래에 힘을 주소서. 아! 비극적인 운명으로 태어난 족속들이여, 그대들은 차라리 세상에 태어나지 않았거나 아니면 양이나 염소로 태어나는 것이 좋았을 것을."

단테는 베르길리우스를 따라 좀 더 아래로 내려갔다. 그런데 갑자기 신음 소리가 들렸다.

"정신차려서 좀 잘 지나가지 못하겠느냐! 어찌하여 너는 불쌍한 우리들의 머리를 밟고 지나가는 것인가!"

단테는 놀라서 주위를 돌아보다가 자신이 위에 서 있다는 것을 깨닫게 되었다. 그 얼음장은 겨울에 얼어붙는 도나우강이나 돈강의 그것보다 두꺼웠다. 그들은 루키페르의 연못 제1원에 와 있었던 것이다.

이곳은 아벨을 죽인 카인의 이름을 따서 '카이나'라고 명명(命名)되었는데, 거기에 있는 망령들은 머리까지 얼음 속에 파묻고 얼굴을 밑으로 떨군 채 추위를 견디다 못해 이를 부득부득 갈고 있었다. 그런데 그 모양이 마치 황새가 마지못해 입놀림을 하는 것과 같았다.

단테는 자신이 그 망령들의 머리를 밟고 있다는 것을 알아챘고, 그때는 이미 추위 때문에 양쪽 귀를 다 잃어버린 자 앞에 와 있었다.

그 영혼이 단테에게 물었다.

"당신은 어째서 거울을 보듯 우리를 보는지요? 저 앞의 가슴을 맞대고 엉겨 붙어 있는 자들이 누구인지 알고 싶은 것이오? 그자들은 알베르토의 아들 알렉산드로와 나폴레오네인데, 형제인 그들은 유산을 놓고 암투를 벌이다 서로 죽음을 맞게 된 것이외다. 저놈들이야말로 이 카이나의 얼음 속에 처박히는 벌을 받아 마땅한 놈들이지요."

그 말을 들으면서 단테는 추위 때문에 강아지처럼 이를 덜덜거리고 있는 수많은 영혼을 보았다. 그리고 그 영혼마저 얼어붙어 미동도 하지 못하는 모습을 보고 자신이 영원한 어둠 속에서 벌벌 떨고 있음을 느끼게 되었다.

간신히 정신을 차리고서 제1원을 빠져나와 제2원으로 가면서 조심스럽게 머리들 사이를 빠져나가던 단테는 어쩐 일인지 그만 어떤 놈의 대가리에 세차게 밀려 넘어지게 되었다.

루키페르 연못의 제2원은 '안테노라'라고 불렸는데 그곳엔 조국을 배반한 망령들이 머리까지 얼음 속에 파묻힌 채 평상시처럼 고개를 빳빳이 들고 있었던 것이다.

단테의 발끝에 걷어채인 놈이 고함을 질렀다.

"어이하여 날 발로 걷어차는가? 몬타페르티의 복수를 하러 온 것이 아니라면 나를 괴롭히는 이유가 무엇이오?"

단테는 그자가 바로 몬타페르티의 전투에서 겔프당을 배반한 보카델리 아바타라는 것을 알 수 있었다.

단테는 베르길리우스와 함께 그곳을 떠나 앞으로 좀 더 나가다가 한 구덩이에 얼어붙어 있는 두 사람을 보게 되었다. 그들은 서로 엉겨 붙어 있었는데, 한 놈의 머리가 다른 놈의 머리 위에 포개져 그놈의 모자 모양이 되어 있었다. 위에 있는 놈이 밑에 있는 놈의 목덜미를 소리 내며 물어뜯고 있는 것 같았다. 마치 굶주린 자가 빵조각을 깨물어 뜯는 듯 보였다.

그런데 그 모습이 테베의 멜라니포스에게 치명상을 입었다가 다시 그를 죽여 복수한 티데우스가 죽은 그의 머리통을 부수고 물어뜯었던 것이나 다름없었다.

딘테는 그 끔찍한 광경을 보고 말했다.

"그대는 대체 얼마나 원한이 맺혔기에 그처럼 짐승같이 물어뜯고 있는 것인가? 네가 그렇게 물어뜯으면서 울부짖고 있는 사연이 무엇인지, 그리고 도대체 너는 누구이며, 그의 죄는 무엇인지 말해준다면 내가 살아 있는 한, 저 바깥세상에서 내가 그대를 위해 갚아줄 수 있을 것이다."

그러자 그는 자기가 물어뜯고 있던 자의 머리털로 입술을 닦고는 자기는 저 유명한 게라르네스카의 우골리노 백작이며, 그에게 잡혀 있는 자는 우발디니의 루지에리 대주교라고 말했다.

루지에리 대주교는 원래 우골리노 백작과 깊은 관계를 맺은 인물인데 나중에 우골리노의 권력을 빼앗은 다음, 조국을 배반했다는 죄명으로 우골리노와 그의 자식들을 구알란디 가문의 탑에 유폐시켜 굶어죽게 한 것이다. 우골리노는 자신의 이야기를 마치고는 또다시 루지에리의 머리를 가지고 미친 듯이 물어뜯으며 계속해서 울부짖었다.

단테는 베르길리우스와 다시 걸음을 재촉하다가 '프톨레매오'라고 부르는 루키페르 연못의 제3원에 이르렀다.

이곳에는 친구나 동료들을 비반한 자들이 엎드려 얼굴을 하늘로 향하는 벌을 받고 있었다. 그들이 괴로움의 눈물을 흘리면 이내 얼음이 되어버려 울 수조차 없었다.

그때 그처럼 차가운 얼음을 뒤집어쓴 비참한 자들 중 하나가 단테를 보고 소리쳤다.

"아, 그대들이여, 내 얼굴에서 이 두꺼운 너울을 걷어 주구려. 가슴에 넘치는 이 울분의 눈물을 얼기 전에 한 번쯤 밖으로 흘려보는 것이 소원이랍니다."

단테가 그 비참한 모습을 보고 대답했다.

"내 도움을 받고자 한다면 그대가 누구인지 내게 말하라. 그대의 소원을 풀어주지는 못하더라도 나는 이미, 저 아래 얼음 밑까지 가기로 작정한 몸이라네."

그러자 그가 말했다.

"나는 수도사인 알베리고라오. 나의 형제인 만프레와 조카들을 죽일 때 과일을 암호로 쓴 대가로 여기서는 내가 무화과값 대신 대추값을 지불하는 것과 마찬가지로 훨씬 더 가혹한 형벌을 받고 있는 것이지요."

단테는 그 말을 듣고도 그의 얼굴을 덮고 있는 얼음을 걷어내어 눈을 열어주지 않았다. 그것은 그를 무자비하게 대하는 것이 오히려 예의를 지키는 것이었기 때문이다. 단테는 그들의 참담한 모습을 바라보며 단지 탄식할 뿐이었다.

"아, 제노바의 사람이여, 모든 미풍양속을 버리고 온갖 악덕만으로 가득한 자들이여! 어찌하여 그대들은 좀

처럼 자취를 감추지 않는가. 로마냐의 극악한 영혼들과 더불어 제노바의 브란카 도리아도 여기 있으니, 그들은 모두 얼음 연못에 떨어져 멱을 감고 있지 않은가!"

그때 베르길리우스가 단테를 보고 말했다.

"지옥의 마왕 루키페르의 깃발이 나타났으니, 앞을 바라보라! 이쪽으로 오고 있는 것이 보이는가?"

단테는 이미 지옥의 가장 깊은 곳, 루키페르 연못 한 가운데인 제4원에 와 있었던 것이다. 이곳은 일명 '주데카'라고 불리는데, 그 이름은 유다에서 비롯되었다. 단테가 베르길리우스의 말을 듣고 앞을 내다보았지만 안개가 빽빽하게 끼고 어둠이 가라앉은 것처럼 희미하였다. 다만 멀리 어슴푸레하게 집 덩어리 같은 것이 나타나 풍차를 돌리듯 세찬 바람을 일으켰기 때문에 이를 피하기 위해 얼른 베르길리우스의 몸 뒤로 숨어야만 했다.

단테는 온갖 망령들이 볏단처럼 얼음으로 온통 뒤덮여 유리 속에 있는 곳에 이르렀는데, 그것을 보고는 무서워서 입을 다물지 못했다. 그 가운데 어떤 무리는 누워 있고 어떤 무리는 머리로 서 있거나 발톱으로 서 있었으며, 또 어떤 무리는 활 모양으로 구부린 채 있었다.

그들이 좀 더 앞으로 나아갔을 때 베르길리우스는

단테를 잠시 멈추게 한 다음 말했다

"여기는 디스, 즉 루키페르가 있는 곳이니, 정신 바짝 차리고 마음을 단단히 먹고 있거라."

그렇지 않아도 단테 자신은 그곳에 이르자, 녹초가 되면서 얼어붙어 자신이 살아 있는지 죽은 것인지 분간도 못 할 지경이 되어 있었다.

단테는 우뚝 솟아 있는 마왕 루키페르의 모습을 보았다. 그는 제 몸의 상반신을 얼음 밖으로 내놓고 있었는데, 그의 엄청난 몸집을 본 단테는 전에 본 거인들은 루키페르의 팔뚝만도 못 하다고 느꼈다. 마왕 루키페르의 몰골은 지금은 저리 추하지만, 하느님을 배반하여 지옥으로 떨어지기 전에는 가장 아름다운 모습이었다.

단테는 루키페르의 얼굴이 세 개나 달려 있는 것을 보고 깜짝 놀랐다. 정면을 향한 하나의 얼굴은 새빨갛고, 다른 두 개의 얼굴은 어깨 한가운데 위쪽에서 맞붙어 마치 머리통을 쌓아놓은 것처럼 서로서로 어우러져 있었다. 오른쪽 얼굴에서 붙은 얼굴은 흰빛과 노란빛 중간색으로 보였으나 왼쪽에서 붙은 얼굴은 나일강이 흐르는 고장에서 온 흑인들처럼 새까만 색이었다. 그리고 저마다의 얼굴 밑에서는 커다란 날개가 두 개씩 튀어나와 있었는데, 그 날개 역시 엄청나게 커서 바다를 누비는 아무리 큰 배에서도 그만큼 큰 돛을 본 적이 없을 정도였다.

그 거창한 날개는 깃털이 없는 박쥐의 날개를 닮아 있었고 그것이 한 번 퍼덕이면 그로부터 세 가닥의 바람이 일어 코키토스의 연못(루키페르의 연못)을 온통 얼어붙게 했다.

루키페르의 얼굴에 있는 여섯 개의 눈에서 피눈물이 흐르고 이것이 세 개의 턱 위에 피 섞인 침과 눈물로 고드름을 만들어 놓고 있었다.

단테는 루키페르의 열린 아가리가 하나씩 모두 세 죄인을 이빨로 물어뜯고 있는 것을 보았다. 그 광경은 마치 삼나무를 찢어 실을 뽑아내는 것처럼 물고 있는 죄인을 가닥가닥 발기고 있는 듯했다.

아처럼 루키페르의 아가리에 물린 세 놈은 그 고통을 이기지 못해 요동을 치고 있었는데, 그 등껍질마저 홀랑 벗겨져 있었다.

그 모습을 보고 베르길리우스가 단테에게 설명해주었다.

"저기 저 위에서 가장 큰 벌을 받고 있는 망령은 유다다. 그의 대가리는 안으로, 다리는 밖으로 삐져나와 있지 않은가. 그리고 머리통을 아래로 처박고 있는 두

놈 가운데 시커먼 얼굴에 매달려 있는 놈이 시저를 암살한 부르투스이고, 그 아래 몸체가 더 크게 보이는 것이 부르트스를 도왔던 카시우스일세. 자! 이제 .떠날 시간이네. 밤이 다시 접어들 시간이고, 또 우리도 볼 것은 다 보지 않았는가."

단테는 베르길리우스의 재촉에 다시 정신을 차리고는 그의 목에 매달렸다.

베르길리우스는 적당한 시간을 택하여 단테를 등에 업고 루키페르의 날개가 완전히 펼쳐졌을 때, 그 털 많은 겨드랑이에 매달렸다, 그러고는 털에서 털을 따라 밑으로 내려갔다.

베르길리우스는 그들이 루키페르의 허리, 더 정확히 말하면 엉덩이뼈 근방에 이르렀을 때 다시 몸을 회전시켜 마치 또다시 올라가려는 사람처럼 털을 움켜쥐었는데, 단테는 베르길리우스가 다시 지옥으로 되돌아가는 것이 아닌가 하고 착각하였다.

그러나 베르길리우스는 숨을 헐떡거리면서 말했다.

"나를 꽉 잡게! 이제 이 사다리를 통해서 무시무시한 지옥을 벗어나야 하니 말일세."

그리고는 바위 틈 사이로 몸을 내밀어 그 가장자리에 단테를 내려놓고 그 자신도 완전히 빠져나와 단테에게로 재빨리 되돌아왔다.

그들은 이제 완전히 지옥을 빠져나온 것이다.

단테는 눈에 힘을 주고 다시 들여다보았는데, 거기에는 루키페르의 얼굴이 아닌 위로 불쑥 솟은 두 개의 발뿐이었다. 그리고 그들이 올라와 있는 자리는 들판이 아니라 희미하게 비치는 천연동굴인 듯했다.

그는 베르길리우스의 재촉을 느끼면서도 다시 물었다.

"나를 인도하시는 베르길리우스여, 이 심연을 벗어나기 전에 좀 더 소상히 말해주실 수는 없는지요? 얼음의 연못은 대체 어디로 간 것이며, 저 루키페르는 어찌하여 거꾸로 처박혀 있는 것입니까?"

그러자 베르길리우스가 대답했다.

"아직도 그대는 저 흉악한 루키페르의 팔에 매달려 있다고 생각하는 모양이군. 루키페르의 발이 보이는 것은 그가 지금도 저 지구의 중심 안쪽에 우리가 있다고 착각하기 때문일세. 내가 거꾸로 몸을 회전시켰을 때 그대 역시 지구의 중심을 지나온 것이지. 지금 우리는 주데카(지구의 가장 깊은 곳)의 바로 뒷면, 등마루가 되어 있는 좁디좁은 둘레에 발을 붙이고 있는 것일세. 루키페르는 바로 여기서 하늘로부터 떨어졌는데, 이전에 이곳을 덮고 있던 땅은 그자가 무서워 바다의 너울을 쓰고 북반구로 도망쳐 이곳이 이처럼 비어 있는 것일세."

그때 단테는 바위를 타고 언덕을 뛰어넘는 듯한 개울물 소리를 듣고 베르길리우스와 함께 그 감추어진 길을 지나 밝은 세계로 되돌아가기 위해 힘껏 나아갔다.

그러자 그곳 둥근 구멍으로 하늘 위에 있는 아름다운 별들이 가득히 보였다. 마침내 단테와 베르길리우스는 지옥의 세계를 벗어나 또다시 아름다운 별을 볼 수 있게 된 것이다.

Ⅱ

연옥편(煉獄篇)

정죄산 입구

숲속을 방황하던 단테가 4월 8일 성금요일에 베르길리우스를 만나 그의 인도를 받으며 지옥세계를 돌아본 후, 구사일생으로 간신히 이를 벗어나 정죄산(淨罪山)이 보이는 연옥 문턱에 도착한 것은 마침 예수님이 부활하신 바로 그날이었다.

죽은 지 3일 만에 부활한 예수님처럼 사흘간 온갖 악마를 겪은 후 고초를 벗어난 단테는, 이제 무서운 암흑의 세계에서 나와 새로운 공기를 호흡할 수 있게 되자 좀 더 즐거운 여행을 하고 싶다는 의욕이 생겼다.

단테는 연옥이라는 둘째 세계를 눈앞에 두고 다시 뮤즈(詩神)들을 불렀다. 특히 그는 서사시의 뮤즈인 칼리오페를 부르며 시를 노래하였다.

동방의 수정처럼 푸른 빛깔이
수평선 끝까지 맑게 퍼져
아직까지도 내 눈과 가슴을 울리는
어두운 곳에서 갓 나온 내 가슴을
기쁨으로 또다시 충만하게 하는도다
사랑을 재촉하던 아름다운 금성은
쌍어궁의 별들을 감싸며
동방의 온 천지를 웃음 짓게 하였다.
오른편으로 몸을 돌려 남극을 바라보니
아담과 이브 이외에는 본 일도 없는
네 개의 별들이 보이는도다
하늘은 별들의 빛남을 기뻐하는 듯
아! 그 별들조차 보지 못한
그대 북녘 땅은
홀어미가 된 황폐한 땅이로다

별들에게서 눈을 뗀 단테는 문득 그 가까이에 어떤 노인이 서 있는 것을 알게 되었다.

반백에 허연 수염을 가슴까지 드리우고 얼굴엔 별들의 빛을 가득 받고 있는 그 노인을 보며, 단테는 그가 마치 태양빛을 듬뿍 받고 있다는 인상을 받았다. 그 노인은 수염을 움직이며 그들에게 물었다.

"눈 먼 강을 거슬러서 영원한 감옥을 벗어난 그대들은 도대체 누구란 말인가? 너희를 이끄는 자는 누구이며, 지옥의 깊은 골짜기에서 그대들을 끌어낸 등불은 무엇이었던가? 아니면 심연의 율법이 깨졌던가? 그것도 아니라면 지옥의 죄인들도 나의 바위산으로 올 수 있다는 새로운 하늘의 법칙이 생겼더란 말인가?"

그러자 베르길리우스는 황급히 단테에게 무릎 꿇고 절하라고 눈짓한 다음에 노인에게 대답했다.

"우리는 스스로의 힘으로 이곳에 온 것이 아닙니다. 하늘의 여인 베아트리체의 청으로 내가 이자를 인도하여 여기까지 오게 된 것이지요. 이 사람은 아직 죽지 않았으나, 이 사람을 인도하도록 보내어졌기에 나는 다른 방도가 없었습니다."

베르길리우스는 말을 계속했다.

"이제 당신도 여기에 온 이자를 반갑게 맞아주십시오. 이자는 자유를 위해 생명을 버리는 자만이 알고 있는 고귀한 도덕적 자유를 찾아가고 있기 때문입니다. 이자는 살아 있고 미노스도 나를 묶어놓지 않았지만, 결코 우리로 인해 영원한 율법이 깨진 것은 아닙니다. 나는 당신의 순결한 아내 마르키아가 있는 림보에서 왔으니, 우리가 일곱 왕국을 지나도록 너그럽게 받아 주신다면 다시 돌아가 그녀에게 당신의 자비를 전해줄 것입니다."

그러자 연옥의 입구에서 문지기 노릇을 하고 있는 점잖은 노인 카토는 베르길리우스의 말을 듣고는 단호하게 대답했다.

"마르키아가 나를 무던히도 즐겁게 해주었기 때문에 그녀가 원하던 청을 다 들어주었던 것은 사실이오. 하지만 이미 저 죄악의 시냇물을 건너온 법칙 때문에 이제 더 이상 그녀가 내 마음을 움직일 수 없으니 그런 말로 아첨할 필요는 없소. 다만 하늘의 여인께서 그대를 움직이고 다스리시는 것이라면 그대를 통해 내게 이야기하면 그뿐이오."

그런 다음 그들에게 엄숙하게 방법을 가르쳐주었다.

"이제부터 정죄산에 올라가려면 겸손하게 참회의 산길을 가는 사람의 표시로 갈잎을 허리에 띠처럼 둘러매고 가시오. 그리고 그 표시뿐만 얼굴에서 몸 전체를 여기서 더 정결하게 씻고 가야 하오. 당신들에겐 아직까지 지옥의 더러운 냄새가 배어 있고 새까만 때가 잔뜩 묻어 있으니 천사들 앞에까지 나가려면 그래서는 안 될 것이오. 저기 물가에 가면 갈잎이 있소이다. 거기에 간 뒤에는 이곳으로 돌아오지 않아도 돼오. 지금 마침 태양이 솟아오르니 당신들이 헤매지 않도록 길을 비추어줄 것이오."

그러고 노인은 사라졌다.

단테는 다시 멀거니 서서 멍한 눈으로 베르길리우스를 쳐다보았다.

"그럼 이 벌판 밑으로 내려가 보세."

베르길리우스는 그렇게 말하고는 단테를 데리고 허허벌판을 건너 황량한 해안에 도착했다.

거기서 갈대를 따서 띠로 만들어 단테의 허리에 감아주었는데, 신기하게도 베르길리우스가 갈대를 뽑아낸 그 자리에는 또다시 갈대가 돋아나 있었다.

갈잎 띠를 매고서도 그들은 바닷가에서 어쩔 줄을 몰라 안절부절못하며 서 있었다. 그때 저 멀리 수평선 위에서 천사가 배를 몰고 해안에 이르렀는데, 그 배에는 수많은 영혼이 타고 있다가 해안으로 모두 뛰어올랐다.

그 영혼들은 시편의 노래를 기도하면서 천사와 헤어져 언덕으로 올라온 것이었다.

그들은 자기들보다 먼저 그곳에 와 있는 단테와 베르길리우스를 보고 물었다.

"혹시 산으로 오르는 길을 알고 있다면 가르쳐주시지 않겠습니까?"

베르길리우스가 그들에게 자신들도 방금 다른 곳에서 도착했다고 말했다. 그때 다른 무리가 단테가 숨을 쉬고 있는 모습을 보고 까무러치게 놀랐다.

"아니, 그대는 단테가 아닌가?"

그때 그 영혼들 틈에서 단테에게 달려들어 그를 껴안으려는 사람이 있었다. 단테 역시 그를 껴안으려 했으나 여러 번 허공을 더듬었을 뿐 상대방의 몸 뒤로 돌린 그의 손은 제 가슴으로 되돌아오고 말했다. 단테는 그가 친구 카셀라인 것을 알아보고는 잠시라도 이야기를 나누자고 청했다.

"세상에서 그대를 좋아했던 것처럼 지금도 변함이 없다네. 난 이제 돌아가지 못할 죽은 몸이지만 자네는 어쩐 일인가? 살아 있는 몸으로 여기에 오다니……."

카셀라가 단테에게 물었다.

"카셀라, 나도 잘 모르지만, 천국 가는 영혼들 틈에 끼고 싶어서 이처럼 긴 여행을 하고 있네. 자네는 세상에서 은인으로 살았기 때문에 죽은 후 즉시 이리로 올 줄 알았는데, 어찌해서 오래전에 세상을 떠났으면서 이렇게 늦었나?"

단테가 반가워하면서 궁금한 점을 물었다.

카셀라는 대사(大赦)의 은총을 입어 천사의 배를 타고 3개월간 있었다고 대답했는데, 그는 본래 피렌체의 유명한 음악가로서 단테의 노래를 종종 작곡한 인물이었다.

"카셀라, 만약 괜찮다면 지쳐 있는 나를 위해 세상에서 자네가 작곡했던 노래를 한 곡이라도 불러주지 않겠는가? 그대의 감미로운 노래가 아직도 귓가에 생생해!"

단테는 노래를 한 곡 불러 달라고 간청했다. 그러자 베르길리우스를 위시하여 거기에 있던 모든 영혼이 귀를 기울였고 카셀라가 조용히 노래하였다. 그때 갑자기 점잖은 노인 카토가 소리 높이 꾸짖었다.

"이 무슨 일이냐, 게으른 영혼들아! 한시라도 빨리 산에 올라가 허물을 벗어버릴 생각은 않고 있구나. 그렇게 해서 하느님을 뵐 수 있을 것 같으냐?"

그러자 그들은 마치 먹이를 찾아 모였다가 무서운 적이 나타나자 먹이마저 버려두고 도망가는 비둘기 떼처럼 비탈길을 향해 떠나갔다. 그들은 마치 어디로 가는지조차 모르는 것처럼 우르르 몰려갔는데, 단테와 베르길리우스도 황급히 그들을 따라 그곳을 떠났다.

그림자

단테는 카토의 꾸짖음에 참회하면서 자신의 순례길을 마음속에 되새겼다. 그가 연옥의 산에 눈길을 돌리며 비탈길을 오르려 했을 때 태양이 붉게 타올랐다. 그러자 그의 앞에 그림자가 나타났는데, 단테는 자기 그림자만 있는 것을 보고 베르길리우스가 혹시 어디로 사라진 것이 아닌가 하고 깜짝 놀랐다. 그러자 베르길리우스는 웃으면서 살아 있는 자에게만 그림자가 있는 것이라고 설명해주었다.

그러는 동안 그들은 정죄산 기슭에 다다랐다. 산기슭에는 과연 날개 없이 오를 수 있을까 싶을 정도의 험준한 바위가 있었다. 그때 그들 왼편에서 한 무리의 영혼들이 나타났는데 그들의 발걸음은 무척이나 느린 편이었다. 이들을 보고 베르길리우스가 말했다.

"오, 은혜롭게 생을 마친 선택된 영혼들이여! 그대들이 바라는 평화의 이름으로 묻노니 위로 올라갈 수 있는 비탈길이 어디 있는지 좀 가르쳐주시오. 현자들은 시간의 소중함을 알기에 쓸데없이 시간을 허비하는 것을 피하려는 것이 아니겠소?"

그 영혼의 무리는 양 떼가 맨 앞의 우두머리가 이끄는 대로 따르듯 그들 곁으로 다가왔다. 그때 맨 앞에 있던 자들이 단테의 그림자를 보고 깜짝 놀라 뒤로 주춤 물러났다. 그러자 베르길리우스가 그들을 안심시키면서 말했다

"놀랄 일은 아니오. 이것은 그대들이 보다시피 육신을 가진 살아 있는 자의 그림자라오. 그러나 하늘의 도우심 없이 이곳을 넘으려 하는 것이 아님을 믿어주십시오."

베르길리우스의 말을 듣자 그들은 손등으로 표시를 해 앞으로 가라고 가르쳐주었다. 그런데 그 무리 가운데 한 사람이 단테를 향해 물었다.

"당신은 도대체 누구신가요? 혹시 전에 나를 본 적이 있으신가요?"

그는 금빛 머리를 가진 훌륭한 모습의 영혼이었다.

단테가 본 적이 없다고 대답하자, 그는 제 가슴 위에

있는 상처를 내보이면서 입을 열었다.

"나는 황후 코스탄차의 손자 만프레디라오. 나는 교황께 파문을 받았는데, 그래도 죽는 순간에 회개하여 하느님께 용서를 받아 이처럼 연옥으로 가는 무리 속에 끼게 된 것이지요. 그러나 파문을 받은 사람들은 비록 죽는 순간에 용서를 받았어도 세상에서 살았던 햇수보다 서른 곱절이나 더 고행을 하지 않으면 안 되오. 그러니 당신이 살아 있는 자들의 세상으로 돌아가게 되거든 나의 어여쁜 딸을 찾아가 이 이야기를 잘 전하고 나를 위해 기도해 달라고 전해주시오. 그래야 내가 이 연옥의 비탈길 어귀에 있는 시간을 단축시킬 수 있을 테니까요."

단테는 그제야 연옥의 괴로움을 이해할 수 있을 것 같았다.

그때 무리가 입을 모아 외쳤다.

"당신들이 길을 물었던 곳이 바로 여기요."

그곳에 이르러 베르길리우스가 앞서고 단테는 그 뒤를 따랐다. 그곳은 비좁은 오솔길이었으며 가파르기 짝이 없었다. 단테는 간신히 기어가듯 험한 길을 따라가다가 겨우 앞이 좀 트인 산마루에 이르게 되자 한숨을 돌리면서 베르길리우스에게 물어보았다.

“아니, 도대체 언제까지 이런 험한 벼랑길을 가야 합니까?”

“한 걸음이라도 물러서서는 안 될 것이오. 자, 쉬지 말고 나를 따르게나.”

베르길리우스가 엄하게 타이르고는 자꾸자꾸 위로 올라갔다. 그러나 산꼭대기는 도대체 어디에 있는 것인지 단테의 눈에는 보이지도 않았다.

베르길리우스는 단테를 격려해주기 위하여 연옥의 이 길을 좀 더 자세히 설명해주었다.

“이 정죄산은 아래에서 올라가기 시작할 때는 더없이 험한 길이지만, 위로 올라갈수록 점점 나아진다네. 그래서 위로 오르는 것이 마치 배가 냇물을 따라 흘러 내려가는 것만큼이나 수월하네. 이 오솔길 끝에 이르게 되면 거기서 그대의 고달픔은 휴식으로 변하는 것이지. 그 외에 다른 말이 더 필요 없을 것 같은데, 그것이 가식 없는 진실이기 때문일세.”

단테는 베르길리우스의 말을 어느 정도 이해할 수 있을 것 같았다.

단테와 베르길리우스는 연옥 입구의 첫 번째 산비탈을 다 올라온 셈이었다.

이제 두 번째 산비탈을 올라가려고 다시 위를 쳐다

보니, 커다란 바위 하나가 불거져 나온 것이 보였다. 그 바위 뒤에는 그늘이 있고, 그늘 속에 사람들이 숨어 있었다. 그들은 게으름 때문에 하릴없이 서 있었다. 단테는 그 모습을 보고 답답한 듯 소리쳤다.

"베르길리우스, 저들 좀 보시지요. 아무리 게으름뱅이라 하더라도 저래 가지고야 어떻게 올라갈 수 있겠습니까?"

그러자 피곤한 듯 앉아서 무릎 사이에 얼굴을 묻고 있던 자가 고개를 들곤 퉁명스레 말했다.

"그렇게 힘이 좋으면 먼저 올라가면 될 것 아니오?"

단테는 그가 바로 세속의 일에나 영적인 일에나 모두 태만했던 악기 제작자 벨라콰임을 알아보고 웃음을 감추지 못했다.

"벨라콰, 어쩌다가 이런 데에서 우물거리고 있나? 길잡이를 기다리는 것인가? 아니면 게으른 옛 버릇 때문인가?"

그러자 그는 한숨을 쉬면서 말했다.

"자네가 그렇게 안타깝게 말한들 하나도 소용이 없네. 나는 죽기 전에도 버릇을 고치지 않고 태만한, 생활을 계속했기 때문에 이곳에서 기다려야 하는 것이지. 그 누군가가 나를 위해 기도해주지 않는다면, 그 기도가 하늘에 닿지 않는다면 나에게는 천사가 올 수 없을 것이네."

그때 그들 뒤에 있던 한 영혼이 단테의 육신이 그림자를 드리우고 있는 것을 보고 놀라 다른 자들에게 외쳤다.

"모두 저기를 보라. 저곳으로 올라가고 있는 자의 왼편에 그림자가 드리워져 있다. 더구나 그의 발걸음은 살아 있는 자와 같지 않은가!"

단테가 그들 쪽을 보자 무리는 모두 놀라운 눈초리로 단테와 그의 그림자를 쳐다보았다. 그러자 베르길리우스가 단테에게 그들이 무어라고 지껄이든 간에 한눈팔지 말라고 주의를 주었다.

그 무렵, 멀리서부터 참회의 시편인 〈미제레레(Miserere)〉, 즉 성가 '주여, 우리를 불쌍히 여기소서'를 부르는 소리가 들려왔다. 멀리 산허리를 돌아서 그들이 있는 곳까지 다가오고 있는 한 무리의 영혼들이 기도하는 소리였다. 그들 역시 단테가 살아 있는 자임을 금방 알아보았다. 단테의 그림자는 그들 모두에게 풀 수 없는 수수께끼였던 것이다. 그 무리의 심부름꾼으로 보이는 두 명이 앞으로 나와 물었다.

"도대체 당신들은 어떤 분인지 알고 싶습니다."

베르길리우스가 그들에게 단테는 살아 있으며 또 그가 세상에 돌아가면 그들을 위해 기도하도록 전해줄 수 있을 것이라고 대답했다. 그러자 그들은 모두 번개처럼 재빠르게 단테의 곁으로 모여들었다.

그 불쌍한 영혼들은 단테에게 잠시 멈춰 서서 혹시라도 아는 자가 있는지 살펴봐주고 그런 자가 있다면 그 소식을 꼭 전해 달라고 애원했다.

"우리는 모두 전사하거나 해서 제 명에 죽지 못한 자들입니다. 우리는 숨질 때까지 죄 많은 영혼들이었지만, 그 순간 하느님의 빛이 우리의 눈을 뜨게 하여 참회를 용납했고 그분과 화해할 수 있게 된 것이지요."

단테는 그들 중에서 아는 사람은 없었지만 베르길리우스에게 간청하여 영원한 평화의 이름으로 그들의 사정을 들어주었다. 그들 중에서 몸테펠트로 출신인 영혼은 아내 조반나와 친지들이 자기를 위해 기도해주지 않는다고 말하면서 소식을 전하여 부디 그들이 자기를 위해 기도하게 해 달라고 애원했다.

캄팔디노에서 전사했으면서도 그의 시체가 그곳에 없는 이유를 단테가 묻자 그는 말했다.

"내가 캄팔티노에서 목이 뚫린 채 피를 흘리면서 맨발로 도망치다가 죽게 되었는데, 그때 성모 마리아의 이름을 부르며 숨을 거두게 되었지요. 이때 벌어진 사정을 살아 있는 자들에게 똑바로 전해주십시오. 나의 영혼을 하느님의 천사가 데려가려고 하자 지옥의 악마가 외쳤습니다. '아니, 하늘에서 온 자여, 왜 그를 훔쳐 가는가? 한 방울의 눈물과 기도 때문에 그를 내게서 앗아간단 말인가? 정 그렇다면 그가 지닌 영혼을 가져가라. 나는 그 다른 부분을 가져갈 것이다.' 그리 말하고는 날이 저물자마자 계곡을 구름으로 덮어 비가 내리게 한 다음 범람케 하여 내 시체를 아르노강에 밀어 넣었답니다. 그 악마는 내가 가슴에 손을 모아 십자가를 만든 것을 풀어헤치곤 그의 찌꺼기로 내 몸을 휘감아 버리고 만 것이지요."

단테는 계속해서 세상에 돌아가거든 자기를 위해 기도하게 해 달라고 부탁하는 무리에 둘러싸여 있었다. 이처럼 단테에게 간청하는 영혼은 모두 이상한 죽음을 맞은 자들이었다. 단테로서는 그처럼 많은 사람의 부탁을 받는 것이 처음 있는 일이었고, 살아 있는 사람의 기도로 죽은 사람의 영혼이 괴로움을 덜 수 있는지 알 수가 없었다. 그래서 베르길리우스에게 물었다.

"제 기억으로는 당신의 시 구절 어딘가에 기도가 하늘의 율법을 꺾을 수 없다고 말씀하신 것 같은데, 이들이 이처럼 내게 부탁하는 것은 쓸데없는 망상에 지나지 않을 수 있음을 분명히 말씀해주시겠습니까?"

"내가 노래한 것은 살아 있는 사람들이 제아무리 열심히 기도를 하더라도 그것은 하느님의 율법을 변경할 수 없는 일이며, 오직 '죄의 용서를 빨리 하여 주십시오.' 하고 기원하는 데만 사용되는 것일세. 하느님의 은혜를 받을 수 없는 지옥과 먼저 가서 은혜를 받게 되어 있는 연옥과는 다른 것일세. 하지만 이런 중요한 문제들에 대해서는 내가 자세히 알 수 없으니 그대가 베아트리체를 만날 때까지 알아보세나."

단테는 베아트리체의 이름을 듣자 힘을 얻고, 넘어가는 해를 보며 다시 걸음을 재촉하고 싶어졌다. 때마침 태양도 산마루를 넘어가고 있었는데, 베르길리우스는 단테에게 앞으로 연옥의 꼭대기에 오르기 전에 다시 태양이 솟아오르게 되는 것을 여러 번 보게 될 것이라고 말해주었다.

망향의 계곡

두 사람이 서로 재촉하여 다시 길을 떠나려 할 때, 그들 앞에 사자처럼 웅크리고 앉아 그들을 노려보고 있는 자가 있었다.

베르길리우스는 그자가 길을 가르쳐줄 수 있을 것 같다고 말하면서 그에게 가까이 가서 길을 물었다. 그러자 그는 묻는 말에는 대답도 없이, '도대체 너희들이 누구냐?' 하는 식으로 쳐다보지도 않고 제 생각에만 잠겨 있었다.

베르길리우스가 좀 더 자세히 말하기 위해 자신이 몬토바 출신이라고 하자 그는 갑자기 일어나면서 반갑게 맞이했다.

"정말로 몬토바 사람이란 말이오? 나는 그대와 동향인인 소르델로라오. 그런데 당신은 누구십니까?"

소르델로가 물었다.

"나는 예수께서 탄생하시기 전에 희랍에서 돌아와 나폴리의 황제 옥타비아누스에 의해 장사 지내진 베르길리우스랍니다. 나는 죄지은 것은 신앙이 없었기에 천국에 가지 못한 것이지요."

베르길리우스가 대답했다.

소르델로는 믿을 수 없다는 표정을 짓더니 정중하게 그를 포옹하며 인사하였다.

"오, 만토바의 영원한 보람이여, 라틴의 영광이신 분, 선생님으로 인해 우리의 시구(詩句)가 할 수 있는 모든 것을 완벽하게 표현할 수 있게 되지 않았습니까? 선생님을 이런 곳에서 만나 뵐 수 있다니 정말 기쁘기 한이 없습니다, 선생님은 지금 지옥의 어느 구역에서 오시는 것인지 여쭈어봐도 되겠습니까?"

"당신 말대로 우리는 지옥의 모든 골짜기를 거쳐 여기에 이르렀답니다. 어떻든 당신이 할 수 있으시다면 연옥의 문이 어디 있는지 우리에게 가르쳐주시지요. 우리는 한시라도 빨리 그곳으로 가야 할 몸들이랍니다."

베르길리우스가 대답하자 소르델로가 말했다.

"그렇다면 제가 인도해드리지요. 그러나 보시는 것처럼 이미 해가 기울고 있으니, 편안하게 묵을 만한 장소를 찾는 것이 좋을 겁니다. 밤이 되면 아무도 정죄산에 오를 수 없기 때문이지요. 저기 오른편으로 영혼들의 무리가 있으니, 괜찮으시다면 그곳으로 안내하겠습니다. 그들도 기뻐할 테니까요."

베르길리우스는 그 말을 듣고 자신들을 즐겁게 하며 편안히 쉴 수 있는 곳으로 안내해 달라고 말한 후 그를 따라나섰다.

소르델로와 베르길리우스 그리고 단테까지 세 사람은 산기슭을 향해 가다가 꼬불꼬불하고 울퉁불퉁한 샛길을 따라 자그마한 계곡에 이르게 되었다. 이 계곡에는 형형색색의 꽃들이 뒤덮여 갖가지 향기가 진동했다.

푸른 숲에는 그 기슭에서는 잘 보이지 않는 영혼들이 잔디와 꽃밭에 앉아서 〈살베 레지나〉라는 성모 찬송 성가를 부르고 있었다. 소르델로는 단테와 베르길리우스에게 그들과 함께 섞여 있기보다는 거기서 내려다보는 편이 그들을 더 잘 알아볼 수 있다면서, 루돌프 황제, 오토카르 2세, 그의 아들 벤체슬라우스 왕, 나바라의 왕 엔리케, 프랑스의 필리프 3세, 시칠리아의 왕 하이메와 그의 동생 페데리코, 이탈리아의 굴리에모 7세 등의 모습을 일일이 설명해주었다.

저녁 7시가 될 무렵, 그 영혼들 중의 하나가 다른 이들의 시선을 받으며 두 손을 모은 채 동쪽을 향해 서서 만종 기도를 올렸다. 단테는 그 모습이 너무나 아름답고, 저녁 성무일도를 노래하는 솜씨기 너무나도 맑고 깨끗해 자신을 잊고 도취되었다. 다른 영혼들은 시선을 하늘로 향한 채 경건한 마음으로 그 기도를 하며 노래를 따라 부르고 있었는데, 그때 갑자기 칼끝이 둘로 갈라진 불칼을 지닌 두 천사가 하늘에서 내려오는 모습이 보였다. 천사들 중 하나는 단테가 있는 곳에 내려앉고, 다른 한 천사는 계곡 건너편 숲에 날개를 접고 내려앉았다. 단테는 천사의 옷과 금빛 머리를 볼 수 있었지만 눈이 부셔서 그 얼굴은 도저히 쳐다볼 수가 없었다.

소르델로는 곧 어두워지면 뱀들이 나타날 것이므로 뱀으로부터 계곡을 보호하기 위해 동정녀 마리아께서 파견한 천사들이라고 설명했다. 단테는 깜짝 놀라 베르길리우스에게 바짝 다가섰다.

"자, 이제 저 위대한 망령들이 있는 곳으로 내려갑시다. 그들도 당신들을 만나면 기뻐할 것이오."

소르델로는 그들을 계곡 밑 영혼들의 무리 속으로 데리고 들어갔다.

단테가 몇 걸음 따라 내려갔을 때 벌써 그들을 알아본 한 영혼이 있었는데, 그는 단테가 존경하던 법관 니노였다.

"연옥의 망령들이 건너와야 했던 멀고 먼 강을 건너온 지 얼마나 되셨나요?"

니노가 단테에게 물었다.

단테가 자신은 지옥을 통과하여 이곳에 이르렀다고 대답하자 소르델로와 니노가 놀라서 그들을 멍하니 쳐다보다가 불현듯 외쳤다.

"자, 코라도여, 여기 하느님의 은총으로 벌어진 일을 보아라."

그러고는 단테에게 자기 딸이 자산을 위하여 기도하게 해 달라고 요청했다.

"심오한 도리로 모든 근본을 감추신 신의 이름으로 청하노니, 그대가 다시 세상에 나가거든 내 딸 조반나에게 일러주오. 그녀의 어머니는 날 사랑한다고 생각지 않소. 눈과 입으로 언제나 불타지 않는 한, 한 여자의 가슴속에서 사랑의 불길이 얼마나 오랫동안 타는지 그녀가 만인에게 보여주었소."

그때 소르델로가 풀과 꽃들 사이를 스쳐지나 계곡으로 다가오는 뱀을 발견하고, "보시오. 저기 우리 원수인 뱀이 나타났소!"라고 소리치면서 손가락으로 가리켰다.

그러자 독수리가 순식간에 움직이듯 녹색의 날갯소

리를 내자 뱀은 도망쳐버렸고, 어느새 천사도 다시 제 자리로 돌아가버렸다.

그러는 동안에 해가 아주 서산에 저버렸으므로 단테는 하루 동안의 피로를 풀 겸 팔을 베고 잔디 위에서 잠을 청했다.

치명적인 목걸이

지상의 이탈리아에서는 동편에 여명이 밝아오는 무렵, 단테는 꿈속에서 금빛 깃털을 가진 독수리가 땅에 내려앉는 것을 보았다.

그 큰 독수리는 하늘을 몇 바퀴 선회하다가 별안간 하강하여 트로이의 왕 트로스의 아들인 아름다운 청년 가나메데스 왕자를 채서 천국으로 가버리는 신비로운 꿈이었다.

그런데 그 금빛 독수리가 또다시 내려와 하늘을 다시 빙빙 도는 것 같더니 번개처럼 단테 앞에 내려와 그를 번쩍 안고는 위로 날아가 마침내 영원히 불타고 있는 세계로 데리고 가려 했다. 단테는 자신이 독수리와 함께 불길에 가까워질수록 몸이 뜨거워지는 것 같아 견딜 수가 없었다.

이윽고 단테는 꿈에서 깼다.

꿈에서 깨어난 단테는 한 번도 본 적이 없는 산에 와 있음을 알고 깜짝 놀라 주위를 살펴보았다. 그런데 그의 곁에는 오로지 베르길리우스만이 남아 있어서 의아하게 생각하였다.

"분명히 나는 계곡의 잔디밭에서 팔을 베개 삼아 잠들었는데 어째서 이런 산마루에 누워 있는 것일까?"

그리고 그가 잠들었던 동안 태양은 벌써 꽤 높이 떠올라 아침 여덟 시 즈음인 것 같았다. 베르길리우스는 잠에서 깬 단테가 눈을 말똥말똥 뜨고 주위를 살피는 모습을 보고는 그를 안심시키며 말했다.

"놀라지 말게나, 조금도 두려워할 필요가 없네. 이미 우리는 정죄산 중턱에 와 있어. 이제 곧 연옥 문에 당도할 것이네. 저쪽 바위 밑을 보면 거기에 바위가 갈라져 있는 곳이 보이고 있지 않은가. 그곳이 정죄산의 입구라네."

단테가 그때까지도 놀랍고도 의아스러운 낯빛을 하고 있자 베르길리우스가 말을 계속했다.

"그대가 혼란스러운 것 같으니 자세히 말해주겠네. 사실은 동이 틀 무렵, 여명이 밝았을 때 그대는 아직도 깊이 잠들어 있었는데 성녀 루치아께서 내려오신 것이오. 그분께서 내게 말씀하시기를, '나는 루치아입니다. 내가 이 사람이 갈 길이 수월하도록 도와드릴 것이니 잠들어 있는 이 사람을 데리고 가게 해주시오.' 하시고는 솔델로와 다른 영혼들과 작별을 고하고서 태양이 떠오르는 것과 함께 그대를 감싸안고 점점 위로 올라오신 것이라네."

그러자 단테는 신비스런 그의 꿈 내용과 베르길리우스의 설명이 일치하는 것을 알고는 더없이 기쁜 마음이 되어 두려움과 의혹의 빛이 사라졌다.

베르길리우스는 다시 기운을 차린 단테를 보고 안심하곤 그를 이끌고 비교적 수월한 산길의 입구로 올라갔다.

그곳에는 연옥의 문이 있었다. 연옥 앞에는 세 개의 계단이 있었으며, 그 앞에는 고해소의 사제와 같은 문지기가 지키고 있었다. 그 문지기는 번쩍거리는 칼을 손에 들고 서 있었는데, 단테는 무서워서 감히 그의 얼굴조차 쳐다볼 수 없었다. 그러자 돌계단 뒤에 있던 문지기가 그들에게 말을 건넸다.

"당신들은 무엇을 원하는 것인지 그 자리에서 말하시오. 안내자는 도대체 어디에 있는가? 호위도 없이 오르기만 하면 되는 줄 아는가? 당신들에게 어떤 해가 닥

칠지도 모르니 조심해야 할 것이오."

그때 베르길리우스가 침착히 대답했다.

"사실은 이 일을 잘 알 만한 분이신 성녀 루치아께서 조금 전에 이리로 가면 문이 있을 것이라고 알려주셔서 온 것입니다"

그러자 문지기가 정중하게 말하면서 안내했다.

"그분께서 당신들을 인도하시기 위해 지름길을 열어주신 것이라면, 어서 속히 이 계단을 오르십시오."

그리하여 두 사람은 안심하고 첫 번째 계단을 올라갔다. 그 계단은 밝게 빛나는 거울 같은 흰 대리석으로 되어 있어 자신의 모습을 그대로 비추었다.

첫 번째 계단은 양심에 비추어 겸손하게 자신을 성찰하고 회개하는 곳이었다. 두 번째 계단에 올라서니 그곳은 검은 자색의 울퉁불퉁한 돌로 되어 있으면서 가로세로로 갈라진 틈이 보였다. 그곳은 자신의 영혼이 그처럼 아픈 죄로 깨어져 금이 가 있음을 고백하는 곳이었다. 세 번째 계단은 마치 핏줄에서 용솟음치는 피가 이글거리는 듯한 붉은 바위로 되어 있었는데, 이는 하느님이 사랑으로 흘리신 피의 보상을 뜻했다.

그 위에 하느님의 천사가 있었는데 그는 금강석으로 만든 문지방 위에 앉아 있었다. 베르길리우스는 단테와 함께 그곳에 이르자 단테에게 눈짓을 하며 천사에게 연옥문을 열어 달라고 부탁하라고 했다.

단테는 진심으로 참회하는 자의 표시로 '내 탓이오.'라고 중얼거리면서 가슴을 세 번 두드렸다. 그러자 천사는 그의 아마에 번쩍이는 칼로 일곱 글자를 새겨주었는데, P자로 새겨진 그 상처는 일곱 가지 죄악의 뿌리(오만, 시기, 분노, 태만, 인색, 탐욕, 애욕의 죄)를 상징했다.

"이제 안에 들어가서 차례로 이 상처를 씻어내도록 하시오."

천사는 이렇게 말하고는 이윽고 흰옷 속에서 열쇠 두개를 꺼냈다.

"이 금 열쇠는 예수님의 거룩한 피로 구원된 표시이기에 열 수 있는 힘이 있고, 이 열쇠는 그대의 참회 정신을 판별하는 힘을 나타내는 것이오. 만약 이 두 열쇠의 힘이 완전히 일치되지 않으면 이 문을 열 수가 없습니다. 이 열쇠를 내가 성 베드로에게서 인계받은 것이지요."

천사가 말을 마치고 자물쇠에 두 열쇠를 집어넣어 돌리는가 싶더니 그 거룩한 문이 덜컥 열리고 말았다.

"자, 어서 들어가시오. 그러나 절대로 뒤돌아보지는 마시오. 만약 뒤돌아보면 밖으로 되돌아 나가게 된다는 것을 명심해야 할 것이오."

천사는 그렇게 말하면서 그들에게 길을 열어주었다.

단테와 베르길리우스가 안으로 들어서자 문이 닫히고 자물쇠가 채워지는 소리가 요란하게 들렸다. 단테는 깜짝 놀랐지만 뒤돌아보지는 않았다.

그러자 어디선가 〈테 데움〉, 즉 '주여, 당신을 찬미하나이다'라는 찬미의 성가가 오르간 소리에 맞춰 들려오는 것 같았다.

마침내 연옥 문 안으로 들어선 그들은 이어 움푹 팬 오솔길을 걸어 올라갔다. 이 길은 비좁고 구불구불하기가 마치 바다에 밀려오는 파도와 흡사할 정도였다. 단테는 베르길리우스의 격려를 받으며 정신을 차리고 천천히 나아갔다.

아침 10시경에야 겨우 그 오솔길이 끝나는 지점에 이르렀다.

그곳에는 둥글둥글한 바위로 이루어진 한적한 벼랑이 있었다. 벼랑에 도착한 단테는 물먹은 솜처럼 극심한 피로에 지쳐 있었다.

단테가 보기에 그 벼랑은 외곽 변두리와 내부 절벽 사이가 사람의 키 세 배가량은 되는 듯했다.

그 벼랑 위로 움직이기 전에 단테는 그 내부 절벽이

하얀 대리석으로 되어 있으며 , 폴리클레이토스의 조각품들은 물론 자연 그 자체마저도 초월할 정도로 완전무결하고 휘황찬란한 작품들로 가득 차 있는 것을 알게 되었다.

단테의 눈에 제일 먼저 띈 것은 예수의 탄생을 미리 알리러 온 가브리엘 대천사의 모습이었는데, 마치 금방이라도 입을 열고 말할 것처럼 생생하게 조각되어 있었다.

그다음에는 성모 마리아의 온유하고 겸손한 모습의 조각이 있었는데, 마치 '은총이 가득하신 마리아'라는 대천사의 인사와 '여기 주의 종이 있나이다'라고 말하는 성모 마리아의 대답이 조화를 이루어 메아리치는 듯하였다.

이 밖에도 성스런 '야훼의 궤'를 운반하는 다윗의 모습과 로마의 황제 트라야누스가 위대한 승리를 거둔 후 말 위에서 기사들과 병정들의 무리에 둘러싸여 있는 모습 등이 더할 수 없이 훌륭하게 조각되어 있었다.

오만한 자들의 집

단테는 무엇인가 꿈틀대며 다가오고 있는 것을 보고 베르길리우스에게 말했다.

"제 눈에 확실하게 보이지는 않습니다만 우리를 향해 다가오고 있는 것이 사람인지 아닌지 모르겠군요."

"나도 처음에는 도대체 무엇인지 의심되었던 것인데, 알고 보니 고통에 짓눌려 땅을 향해 몸을 구부리고 있는 자들이더군. 저쪽을 자세히 살펴보게. 바위 밑에 있는 자들이 보이는가? 바위를 등에 지고 '내 탓이오.' 하면서 가슴을 치고 있는 모습이 보일 것이니."

베르길리우스가 대답했다. 과연 그 모습은 천장이나 지붕을 받치기 위하여 무릎을 가슴에 대고 구부린 형태였다. 더구나 그의 구부린 등에는 짐이 있었는데, 그 짐의 무게가 무거운지 가벼운지에 따라 무릎의 굽힘이 많거나 적었던 것이다. 베르길리우스는 그들이 생전에 힘만 믿고 안하무인격으로 날뛰던 영혼들과 재능이나 권력을 미끼로 사람들은 얕보았던 영혼들이 저처럼 머리를 숙이고 짐을 지고 있는 것이라고 설명해주었다. 그 고통이 얼마나 힘겨웠는지 인내심이 남달리 뛰어났던 영혼들조차 '더 이상 견딜 수 없도다.' 하고 울부짖고 있는 듯했다.

이 속죄의 무리는 천천히 걸으면서 '하늘에 계신 우리 아버지, 아버지의 이름이 거룩하게 빛나시며, 그 나라가 임하시어, 아버지의 뜻이 하늘에서와 같이 땅에서도 이루어지소서!'라며 주기도문을 구절구절마다 풀이하면서 읊조렸다.

이들도 주기도문 후반에서는 자신들뿐 아니라 다른 이들을 위해 기도했는데, 그것은 연옥의 영혼들이 다른 사람들을 위해서는 기도하지 못한다는 단테의 지식과는 어긋난 것이었다. 단테는 그 영혼들의 기도 끝에 특히 감명을 받았던 것이다.

"나날의 양식을 오늘도 우리에게 주소서. 그것 없이는 이 거친 광야를 나아가고자 괴로워하는 우리가 뒷걸음질 치게 되나이다. 또한 우리에게 잘못한 이를 우리가 용서하는 것처럼 우리를 자비롭게 용서하시고 우리의 허물을 너그러이 생각하소서. 또한 죄짓기 쉬운 우리의 힘을 옛 원수와 더불어 시험하지 말게 하시고, 악으로부터 우리를 구하소서. 주여, 우리가 드리는 이 기도는 기도의 보람조차 없어진 우리 자신을 위함이 아니라 오직 우리 뒤에 남아 있는 자들을 위함이옵니다."

이처럼 겸손한 기도를 올리며 속죄하고 있는 이 영혼은 모두 저마다 짊어진 괴로움의 크기가 달랐지만, 연옥의 첫째 언덕 둘레를 올라가면서 속세의 업을 말끔히 씻어내고 있었다.

베르길리우스는 그 영혼들을 바라보면서 그들이 하루속히 천국에 오르기를 기원하고 나서 둘째 언덕으로 올라가는 길이 어느 쪽에 있는지를 물었다. 그때 무리 중에서 하나가 대답했다.

"우리와 함께 오른쪽 언덕을 따라 오르십시오. 그러면 살아 있는 자도 오를 수 있는 길을 찾을 것입니다. 나는, 나의 거만한 목덜미를 짓누르고 있는 이 바윗덩어리만 없다면, 아직 살아 있으면서 이름을 밝히지 않고 있는 자가 누구인지 알아보고 나의 이 고통스러운 짐을 동정하는 모습을 볼 수 있으련만."

그는 탄식을 토한 다음 자신의 신원을 밝혔다.

"나는 라틴 사람이며 위대한 코스카나안의 아들 움

베르토였습니다. 굴리엘모 알도브란데스코가 내 부친이었는데 혹시 그대들도 알지 모르겠소. 내 조상의 오랜 혈통과 고귀한 업적들을 빙자해서 내가 너무 거만하게 되었기에 모두 같은 어머니의 자손임을 생각하지 못한 것이지요. 나의 이 오만한 태도는 나 하나만을 괴롭게 한 것이 아니라 나를 아는 친지들까지 모두 재앙 속으로 끌어넣게 되었습니다. 그래서 내가 하느님께서 만족하실 만큼 이 짐을 지고 다니는 것이 마땅한 일이 아니겠소? 나는 살아 있는 자들 사이에서 하지 못했던 의무를 죽은 자들 가운데서 이행하고 있는 셈이지요."

단테는 그의 말을 들으면서 똑같이 얼굴을 숙였는데, 굴리엘모 옆에 있던 자가 짐 밑에서 몸을 비틀어 단테를 알아보고 힘겨운 눈길을 주었다. 단테는 바로 그가 이탈리아의 유명한 채색화가인 것을 알아보고 칭찬의 말을 건넸다.

"아 당신은 그 유명한 채색화가 오데리시가 아니시오? 당신은 구비오의 영광이요, 화가들의 자랑이 아니었던가요?"

그러자 그는 겸손하게 부인했다.

"내가 훌륭한 예술가라니 당치도 않은 말씀입니다. 오히려 볼로냐의 프란코가 위대한 화가였고, 내 작품은 그의 작품 세계의 일부에 불과했습니다."

단테는 그의 말을 들으면서 평소 사람들에게 겸손하게 대하는 것이 얼마나 소중한가를 깨달았다. 그뿐 아니라 이들이 이제 그것을 깨닫고 속죄하는 마음이 얼마나 뼈에 사무치고 있는지도 확실히 느꼈다.

생전에 교만했던 마음을 뉘우치는 그들을 따라가는 단테의 모습 역시 멍에를 지고 걸어가는 황소와 같았다.

베르길리우스는 죄를 보속하는 이 연옥에서도 가능한 한 빨리 걷는 것이 좋다는 것을 주지시키면서 길바닥의 편평한 무덤들 뚜껑 위에 새겨져 있는 그림을 구경하라고 일러주었다.

절묘한 솜씨로 조각되어 있는 그 그림은 하느님 앞에서 교만했기 때문에 번개처럼 하늘로부터 내쳐져 지옥으로 떨어지는 마왕 루키페르를 비롯한 숱한 그림들로 채워져 있었다.

루키페르의 그림에 이은 두 번째 그림은 제우스의 번개를 맞고 땅바닥에 자빠진 브리아레오스, 세 번째는 제우스 옆에서 팀브라이오스, 팔라스 그리고 마르스가 지켜보는 가운데 죽임을 당한 거인들의 모습, 네 번째는 바벨탑 밑에서 언어를 잃고 혼란에 빠져 있는 사람들을 쳐다보고 있는 니므롯, 다섯 번째는 열네 명이

나 되는 자식들이 죽어 자빠지는 것을 지켜보고 있는 고통스런 모습의 니오베, 여섯 번째는 길보아산에서 제 칼로 죽은 사울 왕, 일곱 번째는 아테나가 찢어놓은 베틀 위의 거미로 둔갑한 아라크네, 여덟 번째는 마차를 타고 겁에 질려 도망치는 로호보암, 아홉 번째는 치명적인 목걸이 때문에 자식에게 살해된 에리필레스, 열 번째는 신을 모독해 자기 자식들에게 죽임을 당한 아시리아의 산헤립, 열한 번째는 토미리스 왕비에게 살해당한 페르시아의 키루스, 열두 번째는 유다의 고을에 침입했다가 살해당한 홀로페르네스, 마지막 그림은 폐허가 되어 잿더미만 남은 트로이의 모습이었다. 이 모든 그림이 너무나 분명하게 묘사되어 죽은 자는 정말로 죽은 것 같았고, 산 사람은 정말 살아 있는 모습이었다. 단테는 사람들이 모두 교만한 죄에서 자신을 지키기 위해서는 그러한 모습을 보고 명상해야 한다고 생각했다.

베르길리우스는 그때 단테에게 그들을 향하여 다가오는 천사를 바라보라고 일러주었다. 과연 하얀 옷을 입고 샛별처럼 반짝거리는 듯한 얼굴을 한 천사가 다가왔다.

"이리 오십시오. 이쪽에 계단이 있으니 이제부터는

손쉽게 올라가실 수 있을 것입니다."

천사는 두 사람을 계단이 있는 바위 틈새로 인도한 다음 날개로 단테의 이마를 때려 하나의 상처를 지워 없앴다. 그러자 단테는 몸이 훨씬 가볍고 힘들지 않게 느껴졌다.

베르길리우스는 단테의 이마에 새겨져 있는 일곱 개의 상처들이 하나씩 지워질 때마다 조금씩 가벼워져서 모두 지워지면 소망이 가득 채워져 힘든 것을 전혀 못 느끼게 될 것이라고 알려주었다.

눈이 먼 영혼

정오가 지날 무렵 단테와 베르길리우스는 천사의 가르침에 따라 두 번째 언덕을 이루는 입구 층계 앞에 이르렀다. 거기서 바라보니 처음 언덕길과 마찬가지로 꾸불꾸불한 한 갈래 길이 있는데, 그 길은 전과 달리 조각 그림도 없이 희미한 색깔로 어슴푸레하게 드러나 보일 뿐이었다.

그들이 한 마장은 넉넉히 되는 거리를 걸어갔을 때 날아다니는 영혼들이 제 모습은 드러내지는 않았지만 사랑의 향연에 정중히 초대하는 것 같은 소리가 들려왔다.

문득 어떤 영혼이 큰 소리로 "술이 떨어졌다."라고 하니 가나 촌의 혼인 잔치에서 성모 마리아께서 말씀하신 것처럼 외치자 또 한 영혼, 친구 대신에 죽음을 자청했던 필라테스가, "내가 오레스테스요." 하고 외쳤고 이어서 또 한 목소리는 예수께서 제자들에게 말씀하신 것처럼 "너희에게 잘못한 이를 용서하라"라는 말을 큰 소리로 외쳤다.

베르길리우스는 단테에게 그 같은 말들이 뜻하는 바를 설명해주면서 이곳 두 번째 언덕에서는 질투로 인해 빚어진 죄악을 기워 갚아야 하는 것이라고 말했다.

단테가 베르길리우스의 설명을 들으면서 앞을 바라보니 바위의 빛깔과 다름없는 망토를 입은 영혼들의 모습이 보였다.

"성모 마리아여, 우리를 위하여 빌으소서."

"성 미키엘이여, 우리를 위해 빌으소서."

"성 베드로여, 우리를 위해 빌으소서."

"모든 성인이여, 우리를 위해 빌으소서.

그들은 끊임없이 도움을 청하는 기도를 바치고 있었다. 단테는 그들 가까이 가서 그 모습을 보며 더할 수 없이 무거운 고통을 느꼈다. 그들은 초라한 외투를 걸친 채 서로 어깨를 떠받치고는 언덕에 의지하고 있었다. 그 모습은 마치 축일에 동냥을 얻으려는 거지들이 성당 주위에 서 있는 모습과도 같았다.

그들은 스스로 장님이 되려고 한 것처럼 눈썹에서부

터 한 가닥 철사로 꿰매어 봉해놓고 있었다. 단테가 그들 가운데 라틴 사람이 있는지 묻자 어느 한 영혼이 대답했다.

"나는 시에나 사람이며 이름은 사피아입니다. 나는 지혜라는 뜻의 이름을 가졌지만 결코 현명하지 못했을 뿐만 아니라, 나 자신의 행운보다도 오히려 남이 잘못되는 것을 훨씬 더 기뻐했지요. 그래서 이 영혼의 무리와 더불어 하느님께서 우리에게 임하시도록 눈물로 간구하며 죄스런 삶을 씻어내고 있답니다."

그때 저희들끼리 주고받는 말소리가 들렸다.

"아니, 죽음을 맞이한 것도 아니면서 우리가 있는 이 산을 돌아다니고 제 뜻대로 눈을 감았다 떴다 하는 저 사람은 대체 누굴까?"

"글쎄, 누군지는 모르겠지만 보아하니 혼자는 아닌 모양일세. 자네가 그에게 더 가까이 있는 것 같으니 물어보게."

한 영혼이 단테에게 물음을 던졌다.

"육체를 그대로 지닌 채 하늘로 향하시는 분이시여! 은총을 입으신 그 자비로움으로 우리를 위로해주십시오. 당신은 어디서 오신 누구십니까? 우리는 이제껏 없었던 일을 허락하신 주님의 은총을 보고 놀라고 있습니다."

그러나 단테는 별로 알려지지 않은 인물이기 때문에, 이름을 밝힐 필요도 없을 것이라고 겸손하게 대답해주었다.

단테가 그들 곁을 떠나 베르길리우스와 함께 다시 걸음을 옮겨 앞으로 더 나아갔을 때, 갑자기 청천벽력 같은 소리가 들려왔다.

"누구든 나를 만나는 자, 나를 죽이리라."

그러고는 구름이 갈라지면서 그 소리가 흩어져 구름 위로 사라져버렸다. 그것은 카인이 아벨을 시기해 죽인 후 그 벌로 하느님이 안 계신 곳을 찾아 헤맸으나, 항상 뇌성번개가 따라와 그가 있는 곳에 하느님이 함께하고 계심을 깨우쳐준 것과 같은 모습이었다.

계속해서 똑같은 폭음과 함께 외치는 소리가 들려왔다.

"나는 돌이 된 아글라우로스다."

그것은 아테네의 임금의 딸인 아글라우로스가 헤르메스의 사랑을 독차지한 자기 언니를 시기하다 돌로 변한 것을 나타낸 것이었다. 단테는 깜짝 놀라 베르길리우스의 오른팔을 붙잡았다.

잠시 후 주위가 다시 잠잠해지자 베르길리우스는 단

테에게 그것이 뜻하는 바를 설명해주었다.

"저것은 인간들에게 그 신분을 깨닫게 하는 준엄한 재갈이며, 인간이 분수에서 벗어나지 않도록 가두어놓는 울타리인 셈이지. 세상에서 하늘이 인간들을 올바른 길로 부르고 그 아름다움을 보여주어도 악마의 이기만을 탐낼 뿐 하늘의 재갈을 두려워하지 않으니, 만물을 다스리는 하느님의 책벌을 면할 수 없는 것이라네."

그들은 어느덧 해가 지기까지 세 시간밖에 남지 않은 시각이 되었음을 알았다.

단테는 하루 종일 하늘의 눈부신 태양 빛을 몸에 받아 머리가 무겁고 멍멍했다. 그때 단테는 눈앞에 갑자기 눈부시게 빛나는 광선이 반사되는 것을 느꼈다.

베르길리우스는 그 빛이 바로 그들을 또다시 이끌어주기 위해 다가오는 천사라고 일러주었다. 단테와 베르길리우스가 천사가 있는 곳에 이르자 천사가 말했다.

"이제까지 그대들이 걸어온 것보다 가파르지 않은 이곳으로 와서 층계를 올라가시오."

그들이 그 층계를 오르기 시작했을 때 그들 뒤에서 '자비를 베푸는 자는 복되도다!' '기뻐하라, 질투를 이긴 그대여'라는 노랫소리가 들려왔다.

축복의 노랫소리를 듣는 순간 단테는 또 그의 마음

이 훨씬 가벼워짐을 느꼈다. 단테는 문득 그의 이마를 짚어보고는 또 하나의 상처가 지워졌음을 알았다.

“그 상처는 스스로 괴로워함으로써 낫는 것이니, 나머지 다섯 상처마저 낫게 되면 베아트리체 님을 뵐 수 있을 걸세.”

베르길리우스가 단테를 격려했다.

탐욕에 찌든 사랑

단테가 연옥의 둘째 언덕을 넘어 셋째 언덕에 도착하자 갑자기 황홀한 환상에 사로잡힌 듯했다.

몽롱한 단테는 눈앞에 한 아름다운 성전을 본 것 같았는데, 그 성전에는 학자가 많이 모여 있었다.

그런데 그 가운데서 한 소년이 서서 무엇을 이야기하고 있었다. 꽤나 상냥해 보이는 소년의 어머니가 말했다.

"내 아들아, 어찌하여 우리에게 이같이 하였느냐? 네 아버지와 내가 이처럼 안타깝게 너를 찾았는데."

그러자 그 환상은 사라져버렸다. 이 환상은 예수님이 열두 살 때 부모와 떨어져 성전에서 학자들과 문답할 때 찾아 헤매던 성모 마리아가 부드럽게 달래는 온유한 모습을 보여준 것이었다.

그러자 또 하나의 환상이 떠올랐는데 이것은 페이시스트라토스의 아내가 나타나 그 남편에게 눈물을 흘리면서 호소하는 광경이었다.

"그 이름 때문에 신들이 그토록 싸웠고, 또 그로 인해 모든 학문이 찬란히 빛났던 도시인 안테네의 군주 페이시스트라토스여! 우리의 딸을 껴안았던 저 무엄한 자의 팔을 잘라 복수해주십시오."

여인이 간청했다. 그러자 페이시스트라토스는 그 여인에게 대답했다.

"우리를 사랑하는 자를 벌한다면 우리를 증오하는 자들은 어떻게 할 것인가?"

세 번째 환상은 군중이 한 사나이를 둘러싼 채 돌을 던져 그를 죽이려고 하는 광경이었다. 그 사나이는 그리스도교의 첫 번째 순교자인 스테파노였다.

그는 짓누르는 죽음의 무게를 견디지 못하고 머리를 땅으로 수그리고 있었지만, 그중에서도 하늘에 계신 그분께 박해자들을 용서해 달라고 간구하고 있었다.

단테가 환상에서 깨어나자 베르길리우스가 그 세 가지 환상은 바로 온유함의 모범을 보게 된 것이라고 일러주었다. 그것은 연옥에 있는 영혼들의 마음이 유화하게 되도록 일러주는 표시였던 것이다.

그러는 동안 주위는 점점 어두워져 황혼 빛으로 간신히 언덕길 앞이 보일 정도였다. 이때 그들이 피할 사이도 없이 그들 앞으로 밤처럼 어두운 연기가 덮쳐왔다. 그들을 휘감았던 연기는 지옥의 어둠 혹은 구름이 잔뜩 낀 밤의 어둠처럼 칠흑 같았다. 단테는 주위를 분간할 수 없게 되어 마치 장님이 걸어가는 것처럼 베르길리우스에게 의지하면서 걸어갈 수밖에 없었다.

그때 칠흑 같은 어둠 속에서 숱한 사람들의 소리가 들렸다. 그 소리는 평화의 자비를 구하는 기도 소리였다. '천주의 어린 양이여'라는 그레고리안 성가 소리가 완전한 화음을 이루면서 평화로운 음률을 이루었다.

베르길리우스는 그 소리가 분노의 매듭을 푸는 기도의 소리라고 설명해주었다. 걸핏하면 화를 내기 일쑤던 영웅이 모두 함께 소리를 맞춰 정연하게 기도하면서 하루 속히 보속의 멍에를 벗으려고 애쓰고 있었다.

"아니, 그대는 누구이기에 마치 살아 있는 자처럼 우리에 대해서 이야기하며 지나가고 있는가?"

그들 속에서 누군가가 외쳤다.

"연옥에서 하루 속히 천국에 가려고 열심히 기도하고 있는 자여! 네가 만약 우리를 따라오면 궁금한 이야기를 들을 수 있을 것이니 따라오겠는가?"

"나는 당신이 느낀 것처럼 죽어버리면 없어질 육체를 지닌 채 지금 이곳을 지나가고 있소. 나는 이미 지옥을 거쳐서 여기까지 왔는데, 당신이 누구이며, 우리는 어느 쪽으로 가야 하는 것인지를 숨김없이 말해주었으면 좋겠소."

단테가 대답하자 그는 갈 수 있는 데까지 따라가겠다면서 단테와 함께 이야기를 나누기 시작했다.

"나는 롬바르디아 가문의 마르코라오. 나는 세상에 있을 때 요즘에는 사람들이 별로 탐탁찮게 여기는 덕(德)을 사랑했지요. 그건 그렇고 위로 오르려면 그냥 곧바로 가십시오. 만약 위에 올라가시면 나를 위해 기도해주시는 것을 잊지 말라고 부탁드려도 되겠지요?"

단테는 그의 부탁을 흔쾌히 들어주면서 다시 물었다.

"당신의 소원은 꼭 들어드리겠소. 그런데 내 의문도 풀어주지 않겠소? 그것은 지금 살아 있는 자들의 세상에서는 당신이 소중하게 생각했던 모든 덕이 어디론가 사라지고 악한 일들만 무성하니 어찌된 셈인지 모르겠소. 그것은 도대체 무슨 연유요? 그 원인이 하늘에 있는 것이오, 아니면 땅에 있는 것이오?"

"그대가 살고 있는 세상은 진실이 보이지 않는 장님들의 집단이나 마찬가지라오. 세상 사람들은 좋은 일이

나 나쁜 일이나 모두 하늘의 탓으로 돌리고 있는데, 만약 그렇다면 인간에게는 자유로운 판단력이 없다는 말 아니오? 그러다 보면 좋은 일은 기뻐하고 악한 일을 미워하는 정의도 없어질 테고, 그렇다면 인간에게 선함과 악함을 구별하는 자유의지가 주어져 있음이 무슨 소용이 있겠소? 세상이 잘못되어 가는 탓은 전적으로 인간 자신에게 있는 것이라오."

단테는 마르코의 말을 듣고 과연 그렇다는 생각이 들어 이야기를 더 싶었다. 하지만 마르코는 네 번째의 언덕 길목에 천사가 지키고 있는 모습이 보이자 서둘러 그의 곁을 떠나고 말았다.

단테와 베르길리우스는 좀 더 앞으로 나아갔다. 그러자 산 위의 햇빛이 수증기를 뚫고 연약하게 스며드는 아침 안개 속 같은 상쾌한 곳이 나왔다.

단테는 그곳에서 네 번째 언덕 입구에 이르는 동안 다시 환상을 보게 되었다. 그의 환상 속에 분노의 대가를 치르는 몇 가지 모습이 나타났다. 먼저 종달새로 변한 프로크네가 나타났다. 그녀는 자신의 여동생 필로멜라가 테레우스 왕에게 능욕을 당하자, 이를 복수하기 위해 테레우스와 위장 결혼을 한 자신과 테레우스의 사이에서 태어난 아들을 죽여 남편에게 그 고기를 먹게 만든 잔혹한 여인으로, 그 대가로 종달새가 되었다.

그다음에 떠오른 것은 페르시아의 하만이라는 자였다. 그는 페르시아의 왕 아하스에로스의 신하로 모든 이가 자기를 우러러보는데 유독 이스라엘인 모리드개만이 모른 체하자 그를 죽이려 하였다. 그러나 이 같은 사실을 알게 된 왕비 에스더가 왕에게 고함으로서 자신이 모리드개를 죽이려 하던 그 십자가에 못 박혀 죽게 된다.

마지막 세 번째 환상으로 떠오른 것은 딸 라비니아로부터 버림받아 자살한 아마타의 모습이었다. 아에네이아스가 라티움을 침공했을 때 라티누스의 왕비 아마타는 그의 딸 라비니아가 정복자의 아내가 될 것을 예견하고 분노를 이기지 못해 자살했던 것이다. 단테가 환상을 통해 본 분노의 환상과 좋은 대조를 이루는 것이었다.

어느덧 안개가 걷히고 한 줄기 빛이 그의 눈에 비치자 단테는 깜짝 놀라 잠에서 깨어나듯 환상에서부터 정신을 가다듬었다. 그가 자신이 어디 있는 것인지 확인하기 위해 주위를 돌아보자 "이쪽으로 오르라." 하는 천사의 목소리가 들렸다. 단테는 그 목소리의 주인공을 보려고 얼굴을 돌렸다. 그러나 태양을 마주 보는 것처럼 눈부셔서 쳐다볼 수가 없었다.

"하늘의 영혼이시네. 우리가 청하지 않아도 우리의 길을 인도하시지. 그러나 자신은 빛 속에 숨겨두고 있다네. 자, 어두워지기 전에 서둘러 오르도록 하세. 늦어지면 해뜨기 전에 다 못 오를 것이 아닌가!"

베르길리우스가 단테를 재근하면서 말했다. 그들은 계단을 향했는데, 첫째 계단에 이르자 천사의 날개가 그의 얼굴에 바람을 일으켜 그의 이마의 상처를 씻어 주었다,

그때 큰 울림이 들렸다.

"평화를 위해 일하는 자들은 복되도다. 그들은 사악한 분노에 휩쓸리지 않을 것이니."

서두르는 게으름뱅이

단테가 네 번째 언덕 둘레에 이르자 벌써 봄이 가까이 다가와 있었다. 마지막 햇살이 산꼭대기를 비추는 동안 사방에서 벌들이 나타났다. 단테는 갑자기 다리에 힘이 쭉 빠지는 듯한 기분을 느꼈다. 혹시 무슨 소리가 들리지 않을까 하고 귀를 기울여보았지만 너무나 조용했다. 답답해진 단테가 베르길리우스에게 물었다.

"이곳에는 어떤 사람들이 속죄를 하고 있습니까?"

"여기에는 생전에 좋은 일인 줄은 알면서도 처음부터 자진해서 행하지 않은 게으른 사람들이 와 있는 곳일세. 사람의 마음이란 자연스러운 욕구에 따라서도 움직이고, 자유의지에 따라서 움직이기도 하는 것 아니겠는가? 문제는 사람들이 제 뜻에 따라 선택하는 후자의 경우일세. 그 경우에는 선택의 방법에 따라 잘못된 길로 들어서기도 하지. 이 같은 욕구가 악으로 기울거나 너무 지나치게 선을 고집하거나 너무 등한시하거나 하는 경우 피조물은 창조주를 거스르게 되는 것이라네. 우리가 좀 더 깊이 생각해야 할 것은 사랑도 자기 본위에만 치우치면 미움으로 변할 수 있다는 점이네.

여기에는 세 가지 경우가 있을 수 있지. 첫째 경우가 교만한 자로서 남보다 훌륭하게 되고 싶다는 욕구를 다스리지 못한 것이고, 둘째 경우가 질투와 시기심이 강한 자로서 남이 잘되는 것을 싫어하여 자신을 망친 것이며, 셋째 경우가 걸핏하면 분노를 이기지 못하는 자로서 남에게 해를 입으면 금방 복수하려고 날뛰지. 이 세 가지 경우를 이미 우리는 첫째, 둘째, 셋째 언덕에서 충분히 보고 우리 자신도 속죄하면서 온 것이네. 여기 네 번째 언덕은 남에게 사랑을 베푸는 데 게을렀던 자들에게 진정한 욕구를 지니도록 격려하는 곳이지. 그런데 한 가지 명심할 것은, 세상에서는 행복한 것처럼 보였지만 진정한 행복이 아닌 것이 있다는 것이네. 즉 지나친 욕구와 그것의 충족은 다 좋은 것이 아니어서 이를 탐욕, 낭비, 음란함 등으로 구분해 정죄된다는 말일세."

베르길리우스는 연옥에서 보속하는 영혼들의 상태

에 대한 긴 설명을 끝내고 단테의 얼굴을 쳐다보았다. 그러나 단테는 아직도 미심쩍은 것이 있는지 머뭇거리고 있었다. 베르길리우스는 단테의 마음을 편하게 해주기 위해 알고 싶은 것이 있으면 더 말해보라고 했다. 그러자 단테는 기다렸다는 듯이 그에게 질문을 던졌다.

"그렇다면 모든 선악의 뿌리가 되는 사람에 대해서도 설명해주시겠습니까?"

"좋지. 먼저 사랑이 언제나 선의 원인이 생각하면 과오를 범할 수도 있다는 것을 기억하게. 사랑하는 성향을 타고난 인간은 물론 좋아하는 모든 것에 기울게 되지. 그러나 이것은 자연적인 사랑 혹은 본능적인 사랑일세. 이와는 반대로 마치 불이 타오르는 속성을 가진 것처럼 영혼이 좋아하는 것을 향해 기우는 사랑이 있는데, 이것이 이성적 사랑일세. 그러나 어쨌든 사랑은 갈망하는 대상을 소유해야 끝이 난다고 생각하기 십상이지. 쾌락주의자들의 잘못은 그와 같은 사랑이 채워지는 것은 무조건 좋다고 생각하는 데 있다고나 할까."

베르길리우스가 대답했다. 그러나 단테는 사랑이 무엇을 뜻하는지 알 수 있게 됐지만, 사랑이 영원한 것으로부터 유래하고 그것을 본성으로 삼고 있는 것이 사실이라면, 과연 그것을 따르는 선과 악의 관계를 어떻게 판단할 수 있냐고 반문했다.

베르길리우스는 그에 대한 확실한 설명은 인간의 이성 범위 안에서는 이해할 수 없는 것이며, 그 이상은 베아트리체에게 물어보라고 말했다.

어느덧 자정이 되었다. 달이 높이 떠오르자 별들은 그 빛을 잃고 말았다. 피곤했던 단테는 졸음이 와서 비틀거릴 정도가 되었다. 그러나 그때 별안간 그들 뒤에서 거대한 무리가 떼를 지어 다가와서 깜짝 놀라 정신을 차렸다. 그들이 단테 앞에 이르렀을 때 앞장선 두 영혼이 울음 섞인 목소리로 외쳤다.

"며칠 뒤 마리아께서 길을 떠나 유다 산골에 있는 한 동네를 찾아가시니……."

"카이사르는 알레르다를 항복시키려고 마르세유를 공략하고 스페인으로 달려갔도다."

그러자 뒤따라온 무리가 한목소리로 외쳤다.

"조그만 사랑이라고 해서 부족한 것이 아니니 빨리 빨리 서두르자. 선을 행하려는 노력이 자비를 새롭게 하시는도다."

베르길리우스가 이들에게 말을 걸었다.

"아, 선을 행하는 데 게으름을 피워 보속하고 있는 영혼들이여, 나와 함께 여기 있는 이는 살아 있는 사람으로 해가 뜨면 다섯 번째 언덕으로 올라가려 한다오. 그러니 다음 언덕 입구를 가르쳐주지 않겠소?"

그러자 무리 중에서 한 사람이 곧 대답했다.

"그렇다면 우리의 뒤를 따라오십시오. 당신들이 올라가려는 입구를 발견할 수 있을 것입니다. 우리는 조금도 머무를 수 없어 뛰어가고 있지요. 이것은 우리의 의무이니 무례하다고 생각지 말아주십시오. 나는 베로나에 있는 산 제노의 수도원장입니다. 벌써 발 하나를 권력의 구덩이에 집어넣은 베로나의 군주 알베르토가 병신인 제 아들을 수도원장으로 앉히려고 하는데, 그는 결국 그 때문에 벌을 받고 눈물을 흘리게 될 것이오."

그는 그렇게 말하면서 어느새 그들 곁을 지나가고 있었다.

단테는 베르길리우스가 또 다른 망령들을 보라고 했으나 피곤한 데다 여러 가지 다른 상념까지 떠올라 갈피를 잡지 못하고 눈을 감고 말았다. 그러자 단테의 생각은 어느덧 꿈으로 변했다.

죄악의 요부

밤이 깊고 새벽녘이 가까워지자, 태양의 열기가 식으며 점차 냉기가 감돌았다.

이 무렵 단테는 꿈속에서 말을 더듬는 소녀를 만났다. 그녀는 사팔뜨기에다 발은 뒤틀렸으며 팔이 잘렸고, 안색이 파리했다.

단테가 바라보자 그녀는 금방 혀가 풀리고 다리가 바르게 되었으며 얼굴에 화색이 돌게 되었다. 그녀는 멋지게 노래하며 자기가 아름다운 인어라고 자랑했다. 그녀가 오디세우스를 꾀어냈다는 것이다. 그러나 그녀가 입을 채 다물기도 전에 성녀 루치아께서 나타나 나무라는 목소리로 베르길리우스에게 주의를 주었다. 그러자 베르길리우스는 그 인어를 와락 붙잡아 앞자락을 젖혀 단테에게 배를 보여주었는데 그 뱃속에서는 심한 악취가 풍겨 왔다.

그 악취에 단테는 그만 잠을 깨고 말았다.

단테가 꿈에서 깨어나자 베르길리우스는 빨리 일어나라고 재촉했다. 벌써 해가 높이 떠서 연옥을 온통 비추고 있었던 것이다.

단테는 깊은 생각에 잠긴 채 고개를 숙이고 베르길리우스를 따라갔다.

"여기에 길이 있으니 오라."

그때 천사의 따듯한 목소리가 들렸다, 천사는 백조의 깃 같은 날개를 펴고 높게 치솟은 바위의 두 벽 사이로 그들을 인도했다. 그러고는 날개로 바람을 일으켜 단테의 이마에 있는 상처를 없애주었다. 그때 이런 소리가 들렸다.

"슬퍼하는 사람들은 행복하다. 그들은 위로를 받을 것이다."

그들이 천사로부터 떠나 조금 위로 올라갔을 때 베르길리우스가 물었다.

"어째서 계속 땅만 보며 걸어가는가?"

"너무도 꿈이 이상해서 떨쳐버릴 수가 없습니다."

단테가 대답했다.

"죄악이란 요부, 즉 유혹의 냄새를 맡은 것이라네. 그것은 요부처럼 뭇사람들을 유혹하여 고통받게 했지. 이 언덕에서 보속하고 있는 자들이 얻으려고 연연했던 불결한 욕망과 탐욕은 모두 그로 인한 것일세. 그러나 그대는 항상 천국의 베아트리체를 향하고 있으니 상관없지 않은가."

베르길리우스는 단테를 안심시키며 격려했다. 단테는 그제야 악몽에서 깨어났다.

단테가 베르길리우스와 함께 다섯 번째 언덕에 올라가보니 거기 있는 사람들은 모두 땅에 머리를 조아리며 울고 있었다.

"내 영혼은 티끌 속에 처박혔도다."

그들이 한숨을 쉬고 있었는데 그 소리는 들릴락 말락 했다.

베르길리우스가 그들에게 길을 묻자, 그들은 오른쪽으로 돌아가라고 대답해주었다. 단테는 그중 한 사람에게 다시 물었다.

"어찌하여 당신은 땅바닥에 엎드려 울고 계신가요? 당신은 누구십니까? 내가 돌아가 당신을 위해 해주기를 바라는 것이라도 있나요?"

그러자 그 사람은 재빨리 대답했다.

"나는 성 베드로의 후계자인 교황 아드리아노 5세라

오. 살아 있을 때 그만 지나치게 탐욕을 부려 하느님을 떠나고 말아 지금 이같이 용서를 받을 때까지 보속하고 있는 것이오. 탐욕의 죄는 이 언덕에서 가장 엄한 보속을 받고 있습니다."

단테는 그가 교황이었던 것을 알고는 황급히 무릎을 꿇으려 했다.

"그러지 마시오. 나는 그대와 마찬가지로 하느님의 종일 뿐이오. 여기서는 세상과 달리 차별도 없으니 그대의 길을 가도록 하시오."

그가 단테를 만류하면서 마태오복음 22장 29절에서 30절까지의 말씀을 들려주었다.

베르길리우스와 단테는 다시 그곳을 따라 앞으로 나아갔다. 그러자 돌연히 부르짖는 소리가 들렸다.

"당신의 거룩하신 아기를 눕히신 그 마구간을 통해서 알 수 있듯이 당신은 그토록 가난하셨습니다."

첫 번째 소리는 성모 마리아를 찬미하는 말이었다.

"오, 어진 파브리키우스여, 그대는 악덕과 함께 큰 재산을 누리기보다 차라리 가난과 더불어 있는 덕을 원하였도다."

두 번째 소리는 옳은 정치를 폈던 로마의 정치가를 찬양하는 말이었다. 또한 세 번째 소리는 이런 내용이었다.

"니콜라스 주교님은 가난해서 시집조차 보내지 못하고 있는 집 창문으로 몰래 돈을 넣어주셨다."

단테는 이런 귀감이 되는 내용을 계속 읊으면서 보속하고 있는 영혼들을 보고 감탄해 마지않았다.

"그처럼 좋은 내용의 이야기를 계속하면서 보속하고 있는 당신은 누구십니까? 내가 다시 세상으로 돌아가면 꼭 보상을 해드리겠습니다."

단테의 말을 들은 사람이 이 사연을 쭉 이야기하기 시작했다.

"나는 루이 5세의 뒤를 이어 프랑스의 왕이 되었던 위그 카페라오. 여기 다섯 번째 언덕에 있는 망령들은, 낮에는 빈곤과 인색함의 이야기들을, 밤에는 탐욕의 이야기들을 교훈으로 삼으면서 속죄의 기도를 올립니다. 밤에는 탐욕의 표본이 되었던 사람들의 이야기로, 탐욕으로 인해 살인을 한 피그말리온, 손대는 것마다 모조리 금으로 변해 굶주려 죽은 미다스, 여리고의 저주를 받은 노획물인 금과 은을 땅속에 감추어두었던 아간, 사도들을 속이려다 죽은 삽비라와 아나니아, 예루살렘의 성전에서 약탈하려다 쫓겨난 헬리오도로스, 폴리도로스를 살해한 폴리메스토르, 황금에 눈이 먼 크라수스 등에 대한 내용을 이야기하지요. 이러한 이야기를 제가 큰 소리로 외치며 말하고 있지만, 여기 있는 모든 영혼은 저마다 크게 또는 작게 이에 대해 이야기하며 되새기는 것이랍니다."

단테는 다시 갈 길을 서둘렀다. 그러지 갑자기 밑동이 무너지는 것처럼 온 언덕이 진동했다.

단테는 죽음의 나락으로 다시 떨어지는 것 같아 그 자리에 얼어붙듯 멈춰 섰다. 곧이어 사방에서 천지를 진동시키는 소리가 들렸다.

두려움에 떨고 있는 그를 보고 베르길리우스는 안심시키며 말했다.

"내가 그대를 이끌어주고 있는 동안에는 두려워하지 말라."

천지를 진동시키는 소리는, '하늘 높은 곳에서는 주께 영광!'이라는 노랫소리였다. 그들은 그 노래를 처음 들었던 목동들처럼 진동이 그치고 노랫소리가 완전히 멎을 때까지 꼼짝도 않고 있었다.

단테는 그 땅의 진동과 노랫소리가 무엇을 뜻하는지 알고 싶어 곰곰이 되새기며 걸어갔다. 탐욕의 망령들이 들끓고 있는 길을 가는 단테 앞에 갑자기 한 영혼이 나타났다. 그 영혼은 부활한 그리스도가 엠마오로 가는 길에서 두 제자 앞에 나타난 것처럼 홀연히 모습을 나타내며 인사했다.

"나의 형제들이여, 하느님의 평화가 여러분과 함께하시기 바라오."

이에 베르길리우스가 자기는 림보에 있는 영혼이라 하느님의 은총을 받을 수 없으므로 축복의 인사를 사양한다고 정중하게 말했다. 그러자 그는 이를 이상하게 여기며 왜 연옥에 오게 되었느냐고 물었다.

"나는 여기 있는 이분이 이곳에 혼자 올 수 없기 때문에 인도해주기 위해 함께 온 것입니다. 벌써 지옥을 거쳐 여기까지 왔지요. 그런데 왜 조금 전에 온 산이 요동치며 한꺼번에 진동하고 소리가 울렸는지 아신다면 말해줄 수 있겠소?"

단테는 자신이 가졌던 의문을 베르길리우스가 대신 말해주는 것이 고마웠다.

"아 정죄산의 성스러운 법규는 어떤 경우에도 파괴되는 법이 없답니다. 그리고 연옥의 문을 들어선 후 지진을 겪거나 태풍이나 우박을 맞는 경우도 있을 수 없지요. 다만 그 요란한 소리는 이 정죄산에서 열심히 회개하여 깨끗해진 영혼이 천국으로 올라가게 될 때 모두 감격하여 부르짖는 소라일 뿐입니다. 더구나 지진처럼 느껴지는 움직임은 그가 깨끗해져 의지가 자유로워졌음을 의미하는 것입니다. 나는 500년 이상이나 이 괴로움 속에서 누워 있었는데, 이제야 그 자유로운 의지의 참된 의미를 깨우쳤다오. 조금 전에 그처럼 진동하는 소리와 경건한 영혼들의 찬미 소리가 들렸으니 이제 자유로워진 영혼들이 천국에 들게 되도록 허락하신 주님의 자비에 감사하는 기도를 드려야겠습니다."

단테는 그 말을 듣고 갈증을 풀게 된 즐거움을 느꼈다. 베르길리우스는 당신은 누구이며, 왜 500년간이나 연옥에 있어야 했는지를 다시 물었다. 그러자 그는 자기도 시인이었다고 밝혔다.

"나는 기원전 700년 무렵에 시인으로 명성을 떨쳤던 스타티우스랍니다. 그러나 그때는 나의 신앙이 불완전했기에 이곳에 와 있는 것이지요. 내가 생전에 명성을 얻은 것은 에네아의 노래를 배워 불렀기 때문이지요. 그것은 오로지 베르길리우스 선생의 덕인데, 만약 내가 에네아의 노래를 배우지 못했더라면 나의 시는 한 푼의 값어치도 없었을 것이오. 아, 내가 만약 그분과 같은 시기에 태어나 만날 수 있었다면 이곳 연옥에서 좀 더 있어야 한다 해도 여한이 없을 것입니다."

베르길리우스는 스타티우스의 고백을 듣고 단테에

게 잠자코 있으라고 눈짓을 하였다. 그러나 단테는 곤혹스런 표정을 지으면서 미소를 띠지 않을 수 없었다. 스타티우스는 단테에게 미소 짓는 이유를 물었다.

단테가 자기와 함께 있는 분이 바로 베르길리우스라고 대답하자 그는 금방 베르길리우스를 포옹하려 했다. 그러나 그들은 모두 그림자 없는 영혼들이었기에 포옹은 할 수 없었다.

어느덧 천사가 그들 뒤로 날아와 날개로 바람을 일으켜 단테 이마의 상처를 또 하나 지워주었다.

그때 그들 뒤에서 축복의 노랫소리가 들려왔다.

"정의를 목말라 하는 자는 행복하도다."

절제의 향기

베르길리우스와 스타티우스는 오랜 친구를 만난 듯이 시를 짓는 지성의 샘에 대해서 이야기를 나누며 걸었다. 단테는 그들의 뒤를 따라가며 고귀한 지혜를 접하는 기쁨으로 충만해졌다. 갑자기 그들의 이야기가 그쳤는데, 길 가운데에 향기롭고 보기 좋은 열매가 풍성하게 달린 나무 한 그루가 나타났기 때문이다.

그런데 그 나무는 위로 올라갈수록 나뭇가지가 가늘어지는 것과는 반대로, 밑으로 내려올수록 가늘어지는 모습이었다. 그것은 아무도 그 나무에 오를 수 없도록 하기 위한 것 같았다.

두 시인이 그 나무에 가까이 다가가자 무성한 잎사귀들 속에서 소리가 들렸다.

"너희가 이 나무의 열매를 따 먹으면 죽으리라."

다시 목소리가 이어졌다.

"마리아께서는 가나 촌의 혼인 잔치에 가셨을 때, 맛있는 음식보다 그 잔치에 없어서는 안 될 포도주 걱정을 하셨도다. 옛날 로마의 귀부인들은 술을 절대 먹지 않고 물만 먹었음을 기억하라. 예언자 다니엘은 바빌론 왕이 주는 술과 음식을 사양하고 채소만 취했으며, 옛 성현들은 상수리나무 열매와 돌 개천의 물을 술 대신 마셨도다. 세례자 요한은 석청(石淸)과 메뚜기만 먹고 광야에서 생활하지 않았던가."

단테가 말소리가 들려오는 나무의 잎사귀 속을 유심히 들여다보며 절제의 본보기를 이야기해준 그 신비스런 목소리의 주인공을 찾아내려고 하자, 베르길리우스가 시간을 보다 유용하게 써야 한다며 걸음을 재촉했다.

그때 그들의 귀에 느닷없이 울음 섞인 목소리로 시편을 외는 소리가 들렸다.

"라비아 메아 도미네(주여, 내 입술을 열어주소서)."

그것은 마치 해산하는 고통과 기쁨을 함께 담은 목소리와도 같았다.

"저 소리는 무슨 뜻인가요? 베르길리우스!"

단테가 물었다.

"아마 영혼들이 제 죄의 매듭을 푸는 보속의 기도일

것일세."

베르길리우스가 대답했다.

그들 뒤에 오던 수많은 영혼의 무리는 깊은 사색에 빠져 있는 순례자들처럼 걸음을 재촉하며 말없이 쳐다보고는 지나갔다. 그런데 그들은 하나같이 눈자위가 푹 꺼져 있었고, 파리한 얼굴에 말라비틀어져 살갗이 뼈다귀에 붙어 있었다.

그것은 마치 텟살리아 왕인 트리오파스의 아들 에리식톤이 데메테르 여신의 숲에서 오래된 떡갈나무를 찍어내고 그 벌로 굶주림의 고통을 받다가 허기를 이기지 못하고 급기야는 제 팔다리를 떼어먹던 모습과 다를 바 없었다.

그들은 향기로운 나무 둘레에서 냄새를 맡고 있었는데 단테는 그토록 굶주린 그들이 먹고 싶은 욕구를 그토록 참으면서 기다릴 수 있다는 것이 신기하게 느껴졌다.

그때 어떤 영혼이 푹 꺼져버린 눈으로 단테를 뚫어지게 쳐다보더니 외쳤다.

"아니, 내가 당신을 만나다니 이 무슨 은혜란 말인가!"

단테는 그 목소리만 듣고는 누군지 전혀 알 수가 없었다. 그러나 자세히 살펴보니 그가 자기와 절친했던 포레세 도나티임을 알고는 깜짝 놀랐다.

포레세는 단테를 보고 함께 있는 사람이 누구이며 이곳엔 어쩐 일인지 물었다. 그러나 단테는 그의 말에 대답하기보다 엄청나게 변해버린 그의 모습에 마음이 아파 먼저 그가 어떤 처지에 있는지를 말해 달라고 하였다.

"우리는 세상에서 모두 분수 넘치게 탐식하고 미식(美食)을 추구했기에 이토록 굶주리며 울부짖고 있다오. 우리는 잎사귀 위로 퍼져 나가는 물보라와 열매에서 나오는 향기를 마시면서 먹고 싶다는 욕구를 달래고 있는 것이지. 그리스도께서 십자가상에서 하느님을 부르짖었던 것처럼 우리도 기꺼이 이 나무 밑에서 보속하는 것이라네."

그 말을 들은 단테가 물었다.

"포레세여, 그대가 세상을 떠나 보다 더 좋은 삶을 위해 길을 떠난 지 이제 겨우 5년이 아닌가? 그런 어떻게 해서 벌써 이곳까지 도달한 것인가?"

"그처럼 물어보는 것도 무리는 아닐세. 보통이라면 나 같은 경우 적어도 살아 있던 햇수만큼 연옥문 밖에서 고행을 했어야 하지만, 내 아내 넬라가 끊임없이 나를 위해 기도하고 있기 때문에 이처럼 빨리 지나가게 되는 것이라네."

그의 말을 듣고서 단테는 연옥에 있는 사람들을 위해 기도하는 것이 얼마나 소중한 일인지 알게 되었다.

"그대가 옛날 나와 함께 즐겁게 지내던 때를 여기서 다시 생각하는 것이 혹시 더 괴로운 일일는지도 모르겠군. 나는 이처럼 살아 있는 몸으로 이분에게 인도되어 지옥을 거쳐 여기까지 왔다네. 이분은 나를 베아트리체 님이 맞이하러 나와 계신 곳까지 인도해주시기로 되어 있지.

나를 인도하시는 이분의 존함은 고명하신 베르길리우스 님이시라네. 그리고 그 옆의 분은 앞의 언덕에서 죄를 깨끗이 씻은 스타티우스 님의 영혼이라네."

단테는 포레세에게 자세한 이야기를 해주었다.

단테와 포레세가 정답게 이야기하면서 빠른 걸음으로 나아가는 동안, 다른 영혼들은 단테가 살아 있는 자임을 알아보고 놀라움을 금치 못했다,

단테는 친구 포레세에게 그의 누이인 피카르다가 어디에 있는지를 물었다. 포레세는 아름답고 마음씨 고운 그의 누이 피카르다가 벌써 천국에 가 있다고 말해주었다.

포레세는 속죄하고 있던 제 동료들이 빠르게 지나

쳐 가는 것을 내버려둔 채 그들의 모습을 단테에게 설명해주었다. 포레세는 단테와 함께 걸어가면서 언제 또 볼 수 있겠느냐고 다정하게 물었다. 단테는 자기가 얼마나 더 살 수 있을지 수 있을지 모르며, 그가 일찍 죽고 싶은 만큼 죽음은 오히려 늦게 찾아올지 모른다고 대답했다.

포레세는 피렌체가 쌓아 가는 악의 원인이 될 자기 형제 코르소 도나티가 머지않아 지옥에 떨어질 것이라고 예언하면서 단테에게 작별을 고했다.

포레세의 모습이 거의 사라질 무렵 그들 앞에는 싱싱한 열매들이 주렁주렁 달린 나무가 또 하나 나타났다. 그 나무 밑에는 사람들이 많이 있었는데 그들은 나무를 향해 손을 쳐들고 무슨 말인지를 외쳐대고 있었다. 그러나 쓸데없이 조르기만 하는 애들같이 달라고 해도 줄 사람이 들어주지 않아 속절없이 애태우다가 마는 것처럼 절망하여 사라져버리고 말았다. 그들이 그 나무 가까이 다가가자 말소리가 들렸다.

"가까이 오지 말고 그냥 지나쳐 가시오. 이브가 따 먹었다는 선악과나무는 저기 지상낙원에 있지만 이 나무도 그 지혜의 나무에서 갈라져 나온 것이라오."

그들은 이 소리를 듣고 나무가 서 있는 쪽에서 벼랑

이 있는 쪽으로 걸어갔다.

단테는 음식을 과도하게 탐하거나 미식을 즐기는 것이 지나치면 얼마나 큰 형벌을 받는가를 생각하면서 조용히 길을 재촉했다.

그때 갑자기 어떤 목소리가 들렸다.

"그대들은 무엇을 그리 골똘히 생각하며 가고 있는가? 저 위로 올라가려거든 여기서 돌아야 하오. 무궁한 평화를 위해 가려는 자는 이곳을 지나야 할 테니."

그 소리의 주인공은 천사로 그의 모습은 붉게 번쩍여 마주 쳐다볼 수가 없었다. 그리고 5월의 상쾌한 아침 바람이 풀잎과 꽃들을 흠뻑 적시며 향내를 몰고 오듯이 바람이 한 가닥 단테의 이마를 스치며 상처를 또 하나 지워주었다. 그때 단테는 신들의 음식에서 나는 향기를 풍기는 천사의 힘찬 날갯소리를 들었다.

정화의 불길

세 시인은 드디어 마지막 일곱 번째 언덕으로 오르는 계단을 향해 걸음을 재촉했다. 그 길은 너무나 좁아서 한 줄로 나란히 줄지어 가야만 했다. 단테가 베르길리우스에게 의문을 제기했다.

"영혼이란 육신과 달리 영양을 섭취할 필요도 없을 텐데, 어째서 그토록 여윌 수가 있을까요?"

베르길리우스는 사람의 생명을 좌우하는 것은 영양분 말고도 또 있다는 것을 설명하기 위해 멜레아그로스를 예로 들었다.

칼라포의 왕자인 멜레아그로스는 태어났을 때 운명의 세 여신으로부터 예언을 받았다. 클로드는 멜레아그로스는 용감할 것이라고 하고, 라케시스는 강건한 체질을 가질 것이라 하고, 아트로포스는 나무토막을 던져주면서 그 나무와 멜레아그로스의 수명이 같을 것이라고 예언했다. 그러자 그의 어머니는 그 나무토막을 은밀히 숨겨두었는데, 장성한 멜레아그로스가 제 숙부를 둘이나 죽이자 그 어미가 엉겁결에 그 나무토막을 불태워서 그가 죽었다는 내용이었다. 베르길리우스가 스타티우스에게 그 이야기를 좀 더 자세하게 말해주라고 부탁하여, 단테는 스타티우스의 설명을 들으며 어느덧 일곱 번째 언덕에 이르렀다.

그 언덕은 불꽃에 휩싸여 있었다. 불꽃은 길 밖으로 뿜어져 나왔는데, 불어오는 바람으로 불길이 길을 뒤덮고 있었다. 그래서 그들은 왼쪽으로는 불길의 위험을, 오른쪽으로는 벼랑 아래로 떨어질 위험에 대비해야 했다.

그래서 그들은 그 좁은 불길 속을 한 사람씩 걸어가야 했는데, 단테는 저 혼자 그 속을 지날 수 있을지 두려워하지 않을 수 없었다.

베르길리우스가 주의를 주었다.

"잠시도 한눈팔지 말게. 잘못 발을 디뎌 떨어지면 안 될 것일세."

그때 불꽃 속에서 기도하는 소리가 들려왔다.

"지극히 자비로운 주님이시여."

단테가 그쪽을 바라보자 그 엄청난 불꽃 속에서 기

도하며 불길을 헤쳐 나가는 영혼들의 모습이 보였다.

"나는 아직 사내를 모르노라."

노래를 끝낸 그 영혼들은 소리 높여 외쳤다가 다시 작은 소리로 노래했다. 그러고는 다시 성가(聖歌)가 끝나자 다시 소리 높여 외쳤다.

"수렵의 여신 다이나가 비너스의 독을 맛보아 몸을 망친 요전 헬리케를 숲에서 쫓아냈도다."

이렇게 그들은 성가를 부른 다음에는 곧이어 정절(貞節)의 덕과 혼인성사가 명한 대로 정결을 지킨 자들을 칭송했다. 아마도 그 불꽃 속에서 타고 있는 동안 속죄의 예식을 끝없이 되풀이하고 있는 듯했다.

그 무렵 태양은 점점 기울어 단테의 오른쪽을 비추면서 불길 위에 그림자를 드리우게 했다.

단테의 그림자가 비친 불꽃은 더욱 붉어지기 시작했다. 그 모습을 바라본 영혼들은 단테가 살아 있는 자인 것을 알아보고는 그에게 가까이 다가오고 싶은 눈치였지만, 결코 불길 밖으로 나오려고 하지는 않았다.

"오, 남들보다 느려서가 아니고 그들을 존경하기에 뒤따라가는 자여, 갈증과 불길 속에 타고 있는 내게 대답해주시오. 나만이 아니라 여기 있는 모두가 냉수를 갈망하기보다 대답을 기다리고 있다오. 그대는 아직도 죽지 않은 것 같은데 대체 어찌된 일인가요?"

그 무리 속에서 한 사람이 단테에게 말했다.

그러나 그때 새로 나타난 무리에 정신이 팔린 단테는 대꾸하지 못했다.

그 무리는 앞의 무리와 마주 보고 나아가다가 마주쳤는데, 서로 만났을 때 멈추지는 않으면서 다정하게 입을 맞추고 지나갔다. 그것은 마치 불개미 떼가 서로 만나면 얼굴을 맞대고 길을 물으며 먹이가 있는 곳을 서로 확인하는 모습과도 같았다. 나중에 온 망령들이 "소돔과 고모라!" 하고 외치면 다른 무리가 "황소를 꾀어내 제 음욕을 채우고자 파시에이가 암소 안으로 들어가도다!"라고 외쳤다. 그리고 두 무리 중 한 무리는 태양을 피해 리페산을 향해 가고, 다른 무리는 추위를 피해 사막을 향해 가듯이, 이 무리는 오고 저 무리는 가면서 눈물을 흘리며 그 행위를 계속 되풀이했다.

다시 단테에게 대답을 듣고 싶어 하는 무리가 다가오자 단테가 말했다.

"오, 언젠가는 반드시 평화를 누리게 될 영혼들이여, 나는 당신들이 느끼는 것처럼 아직 살아 있는 몸이오. 하늘에 계신 분의 은총으로 산 채로 그대들의 세계로 들어왔도다. 그대들은 누구이며, 그대들과 반대 방향으로 간 자들은 누구인가?"

앞서 단테에게 질문을 던졌던 자가 입을 열어 대답했다.

"더욱 훌륭한 죽음을 맞이하기 위하여 우리가 있는 이 세계의 체험을 쌓고 있는 그대는 참으로 복된 자가 아닐 수 없소. 우리와 함께 오지 않고 가버린 자들은 동성애의 죄를 범한 자들로 그들은 자신을 뉘우치며 소돔이라고 부르고 있는 것이지요. 그리고 우리는 자연을 거슬러 사음(邪淫)을 범하고 짐승처럼 욕정만 쫓아다니며 사람의 법도를 지키지 않은 죄를 지은 사람들이오. 그래서 우리는 음란한 죄를 범하여 암소가 된 이름을 치욕 속에서 읽고 있는 것이라오. 그대가 이제 우리의 행실과 그 죄악을 알 것인즉 우리 이름을 말할 수가 있겠소? 그러나 나에 대한 그대의 청을 들어 드리겠소. 나는 귀도 귀니첼리로 죽기에 앞서 뉘우친 덕에 재빨리 속죄할 수 있었소."

단테는 자신보다 이전에 이탈리아에서 태어난, 아름다운 시를 짓고 이탈리아 시인의 아버지로 불리던 그의 말을 듣고 그에게 달려가고 싶었지만 불길 속이라 더 접근할 수가 없었다.

귀니첼리는 단테가 그에게 그토록 반가운 기색을 보

이자 놀라며 그 이유를 물었다. 단테가 귀니첼리의 달콤한 시 때문이라고 대답하자 그는 오히려 겸연쩍어하며 제 옆에 있는 다른 영혼을 가리켰다. 즉, 사랑의 시나 산문에서 가장 뛰어난 사람이었던 아레초의 귀네토를 가리키면서 그와 마찬가지로 짧은 명성을 가진 것에 불과하다고 말했다. 귀니첼리는 단테에게 자기를 위해 기도해줄 것을 부탁하고 불길 속으로 사라졌다.

어느덧 해질 무렵이 되었다. 그때 하느님의 천사가 그들 앞에 다시 나타났다.

천사는 인간의 목소리보다 한결 더 맑은 소리로 노래했다.

"마음이 깨끗한 자들은 행복하도다."

그들이 가까이 가자 천사가 다시 말했다.

"오, 성스러운 영혼들이여! 이 불에 타지 않으면 앞으로 나아갈 수 없으니, 이 불길 속을 뚫고 나가 저쪽의 노랫소리를 들을 수 있도록 하십시오."

단테는 그 말을 듣고 겁에 질렸다.

"연옥의 불은 괴로움의 원인은 될지언정 죽음의 원인이 되는 것은 아닐세. 생각해보라. 내가 그대를 게리온의 등에 태워 안전하게 인도하지 않았는가. 털끝 하나도 타지 않을 테니 두려워하지 말게. 이쪽으로 와서 함께 가세. 마음 놓고 들어가야 하지 않겠나?"

베르길리우스가 그렇게 말하며 안심시켰으나 단테는 우두커니 서 있기만 했다.

"자, 보게 이것이 그대와 베아트리체 사이를 가로막고 있는 벽일세."

단테는 그의 가슴 깊은 곳에서 항상 용솟음치고 있는 그녀의 이름을 듣고서야 정신을 차리고 베르길리우스를 쳐다보았다. 베르길리우스는 단테에게 미소를 지어 보이고는 스타티우스에게 단테의 뒤를 따라오라고 말한 다음 불길 속으로 들어갔다. 그러자 단테도 뒤를 따라 들어갔는데, 그 열기가 헤아릴 수 없을 정도로 뜨거워서 단테는 아예 끓는 유리 가마가 있다면 그리로 피하고 싶은 심정이었다.

베르길리우스는 단테를 진정시키기 위해 계속 베아트리체의 일을 상기시키면서 격려를 멈추지 않았다.

그러자 불 바깥쪽에서 노랫소리가 들려와 그들을 인도하였다. 그때, 눈부신 빛 속에서 말소리가 들렸다.

"내 아버지의 축복을 받은 자들아, 어서 오라."

그와 함께 어둠이 다가오니 머물지 말고 서쪽 하늘이 어둠에 잠기기 전에 걸음을 재촉하라는 천사의 말이 들려 그들은 서둘러 깊은 바위틈을 뚫고 계속 올라갔다. 그들이 마지막 계단을 딛고 올라섰을 때, 해가 그들 뒤로 떨어지고 있었다. 그리하여 그들은 밤이 되면 걷지 않는다는 원칙대로 그곳에서 밤을 맞아 잠을 청하게 되었는데, 모두 지칠 대로 지쳐 곤한 잠에 빠져들었다.

동이 틀 무렵, 단테는 꿈속에서 젊고 아름다운 여인이 평원에서 꽃을 따는 것을 보았다.

"내 이름을 알려고 하는 자는 누구든 알아두라. 나는 레아라 부르네, 나는 꽃목걸이를 만들기 위해 꽃을 꺾으며, 내 동생 라헬은 언제나 거울 앞에 앉아 떠나려 하지 않나니. 동생은 저의 아름다운 눈에 반해 있으나 나는 이 손으로 내 몸을 치장하는 게 소원이노라. 동생은 아름다운 눈을 보고 있었고, 나는 꽃으로 장식하고 있었노라."

그 여인이 노래를 불렀다.

여명이 다가오자 어둠이 다시 사라졌다. 단테는 잠에서 깨어나 베르길리우스와 스타티우스가 벌써 일어난 것을 보고 자기도 일어났다.

"세상 사람들이 그토록 애써 찾아 헤매는 그 달콤한 나무열매가 오늘에야말로 그대의 갈증을 풀어줄 것이다."

베르길리우스가 이렇게 말하자 단테는 그때부터 희

망에 벅차 한 발 한 발 나는 듯 걸었다.

계단이란 계단은 모두 그들 밑으로 뻗었고 맨 꼭대기 계단에 이르렀을 때 베르길리우스가 단테에게 말했다.

"이제 그대는 연옥의 순간적인 불과 영원한 지옥의 불을 모두 보았네. 이제 그대는 나도 더 이상 알지 못하는 곳에 온 것이지. 지금까지 나는 지성과 재간으로 그대를 여기까지 이끌어 왔네. 이제 가파르고 비좁은 길을 벗어났으니, 지금부터는 자네의 의지를 안내자로 삼으라. 그대 다시 비추는 해님을 보라. 또 여기 당에서 거절로 돋아나는 풀잎들과 작은 숲들을 보라. 내가 너를 바로 인도하기 위하여 눈물로 하소연하던 저 아름다운 눈, 즉 베아트리체가 기쁨에 젖어 맞으러 오는 동안 그대는 숲속에 앉아 쉴 수 있으리라. 이젠 내 말을 더 이상 기다리지 말게. 그대의 의지는 자유롭고 바르며 건전하니 뜻대로 하지 않는 것이 잘못일세. 이제 나는 그대의 머리에 왕관과 면류관을 씌워주겠네."

이브의 동산

베르길리우스가 말한 대로 단테는 베아트리체가 맞이하러 오기를 기다리면서 지상낙원이었던 이브의 동산을 거닐었다. 하느님의 숲을 보는 즐거움에 그는 꽃향기가 물씬 풍기는 들판을 천천히 걸었다.

아침 바람이 가지들 사이에서 잠들자 새들도 즐겁게 노래를 불렀다. 그 노랫소리는 마치 아이올로스(바람의 신으로 여러 가지 바람을 커다란 바위에 매어놓았다가 때에 따라 놓아 보낸다는 신)가 시로코(사하라 사막에서 이탈리아 지중해 연안으로 부는 동남의 열풍)를 놓아 보낼 때 키아시 해변 위의 소나무 숲에서 나뭇가지들이 어울려 내는 소리처럼 상쾌한 조화를 이루었다.

단테가 천천히 숲속으로 들어가자 오른편으로 낙원을 가로지르는 레테강이 흐르고 있었다.

청명한 강물이 흐르는 모습을 보면서 건너편의 나무들을 살피던 단테는 한 젊은 여인이 만발한 꽃을 따면서 노래를 부르고 있는 모습을 발견했다.

단테는 그 아름다운 모습과 노래에 이끌려 그에게 가까이 다가와 달라고 청했다. 그녀는 땅에서 발을 떼지도 않으면서 마치 춤추듯이 다가와 노래를 들려주었다.

그녀는 마텔다, 즉 단테가 꿈속에서 보았던 레이라는 여인과 같은 모습을 하고 있었다. 그녀는 강둑에 이르러 곱게 숙이고 있던 눈을 들어 단테를 바라보았는데, 그 순간 그녀의 눈은 큐피드의 화살을 맞은 비너스가 지녔던 아름다운 눈보다 더 영롱하게 반짝였다. 그녀는 계속해서 낙원의 땅이 씨앗도 없이 저절로 피운 꽃들을 따면서 미소를 지었다. 단테는 자신과 그녀 사이를 갈라놓고 있는 그 강물을 건널 수 없음을 알고 강물을 탓했다.

그러자 그 여인이 말했다.

"당신들은 옛날에 하느님께서 인간의 거처로 선택하셨던 이곳에 방금 오시지 않았습니까? 내가 왜 항상 미소 짓고 있는지 신기하게 여기시거나 그 밖에 알고 싶은 것이 있다면 대답해드리겠습니다."

단테는 그 말에 고마움을 느끼며 어째서 이곳에는

자연의 현상이라 할 수 없는 온갖 변화가 있는 것인지 모르겠다고 솔직히 털어놓았다.

마텔다는 먼저 바람의 근원을 설명해주었다.

"당신이 의아하게 생각하는 숲의 속삭임에 대해서 말씀드리지요. 하느님께서는 선한 인간을 창조하셨고 그 영원한 축복의 증표로 그에게 지상낙원을 주셨습니다. 그러나 인간은 오만한 죄악으로 인해 이곳에서 오래 살지 못하고 환희를 비탄으로 바꾸어놓고 말았지요. 낙원에서 쫓겨난 사람들은 세상에 떨어져 매우 소란스럽게 바람을 일으키며 요동치게 되었고, 연옥의 그 소란스러운 공기가 닿지 못하도록 높이 솟게 되었습니다. 그러나 공기의 운동은 동쪽에서 서쪽으로 회진하게 되어 있기에, 첫 번째 회전하는 움직임이 산꼭대기 숲까지 흔들리게 하여 바람이 일어났던 것입니다. 그러나 순환하는 공기는 아래쪽으로만 회전할 뿐이라 이 맑고 깨끗한 들판에는 온갖 씨앗이 가득하고, 씨앗 없이 싹튼다 하더라도 이상하게 여길 필요 없이 갖가지 열매가 열리는 것입니다. 그러나 이 열매는 세상에선 딸 수 없는 것이지요."

그녀의 설명은 강물에 대해서도 이어졌다. 낙원의 물줄기는 두 갈래로 되어 있으며 그 원천은 영원히 마르지 않는 샘인 신의 의지에서 비롯된다고 하였다.

이 물의 두 갈래는 레테와 에우노에로 구분되는데 레테는 죄의 상념이나 그것에 기우는 경향을 없애주고, 에우노에는 선행의 기억을 새롭게 해주고 그에 기울도록 하는 힘을 지니고 있다는 것이었다.

그녀는 마치 사랑에 취한 여인이 사랑을 고백하는 것처럼 노래를 부르며 이야기를 마쳤다.

"거역하였으나 용서받고 그 죄의 허물이 벗겨진 자는 복되도다."

말을 마친 그녀는 물길을 거슬러 발길을 옮겼고, 단테도 그녀를 따라 발걸음을 맞추었다.

"저 앞을 보시지요."

단테는 여인이 바라보는 쪽으로 시선을 옮겼다. 그러자 번갯불과도 같은 섬광이 비추면서 하늘을 빛나게 하였고, 동시에 감미로운 가락이 흘러 마음에 열망이 일게 하였다.

단테가 그 빛과 가락 사이로 나아가자 빛은 더욱 밝고 노래는 더욱 분명해졌다. 이때 빛이 찬란한 저 뒤편에서 일곱 그루의 황금 나무가 보였다. 그러나 그것은 나무가 아니고 일곱 개의 황금 촛대였다. 황금 촛대의 행렬은 어느덧 그들에게 가까이 다가왔는데, 그 행렬

뒤로 하얀 옷을 입은 사람들이 따르고 있었다.

강물은 촛대의 불로 인해 불그스름해졌다. 단테는 행렬이 가까이 오자 그 촛대가 혜성처럼 긴 빛줄기를 남기는 것을 보았다. 무지개 빛깔의 긴 꼬리는 끝이 보이지 않을 정도로 찬란한 모양을 보여주고 있었다. 그 빛줄기 아래에 스물네 명의 장로가 훌륭한 신앙을 상징하는 백합꽃의 관을 쓰고 성모 마리아를 찬성하는 노래를 부르며 따라왔다.

"은총이 가득하신 마리아여, 기뻐하소서. 주님께서 함께 계시니 여인 중에 복되시며, 태중의 아드님 또한 복되시도다."

성가를 부르며 장로들이 지나가자 푸른 잎사귀를 두른 네 마리의 짐승이 나타났다.

그 네 마리의 짐승은 사자와 황소 그리고 사람과 독수리의 형상을 하고, 각각 여섯 개의 날개를 달고 있었는데, 이 네 마리의 짐승들 사이로 그리핀(몸의 반은 독수리이고 반은 사자인 상상의 동물. 신성(神性)과 인성(人性)을 함께 지닌 그리스도를 상징)이 이끄는 개선 전차가 뚫고 나왔다. 그리핀의 날개는 끝없이 길고 머리처럼 금으로 치장되어 있었다.

그 전차는 스키피오(로마의 유명한 장군)나 아우구스트

황제(로마 최초의 황제)의 승리를 기념하던 로마의 개선 마차보다 훨씬 멋졌으며, 태양의 수레도 그에 미치지 못했다.

또한 오른편에는 빨간색, 초록색, 하얀색 옷을 입은 세 여인이 따라오고, 왼편에는 자색 옷을 입은 네 여인이 그들 중 머리에 세 개의 눈이 달린 여인의 주도하에 따라왔다. 그리고 이들 뒤로 두 사람의 노인이 따라왔는데, 한 노인은 히포크라테스처럼 의사 복장이고, 또 한 노인은 손에 예리한 칼을 든 전사(戰士) 복장을 하고 있었다.

그다음에는 검소한 차림을 한 네 사람이 따라오고, 맨 마지막 노인은 혼자서 꿈을 꾸는지 어떤 영감을 받은 듯한 얼굴로 따라왔다. 노인들은 전부 하얀 옷에 붉은 장미를 두르고 있었다.

이와 같은 행렬은 신앙과 교회를 상징하는 것이었다. 앞의 네 동물은 4복음서, 두 바퀴의 개선 전차는 교회, 일곱 개의 촛대는 교회의 일곱 가지 성사(聖事), 스물네 명의 장로는 구약성서 2권을 상징했다. 또한 사자의 오른편 세 여인은 믿음, 소망, 사랑을, 왼편의 네 여인 중 세 개의 눈이 달린 여인은 과거, 현재, 미래에 대한 깊은 생각을 표현한 것이다. 이들 뒤의 두 노인은 성 루가와 성 바오로 사도를, 검소한 옷차림의 네 사람은 신약 성서의 서간문을 집필한 네 사도를, 마지막 노인은 요한 묵시록의 저자인 사도 요한을 뜻했다.

이 거창한 행렬은 단테 앞에 와서 천둥소리와 함께 멈춰 섰다.

베아트리체의 영접

일곱 개의 황금 촛대들이 멈추자 장로들이 마차로 향했다. 그들 중 하나가 마치 하늘에서 보내진 듯 노래를 부르며 외쳤다.

“오, 나의 신부(新婦)여, 레바논으로부터 나오라.”

그가 이 말을 세 번 외치자 나머지 모두가 응답하듯 따라서 노래를 불렀다. 마치 최후의 심판 날에 축복받은 자들이 할렐루야를 외치며 무덤을 박차고 나오듯이 천사들의 무리가 장로들의 촛대를 받아 “오시는 이여 복되도다.”라고 응답하면서 “오, 한 아름의 백합을 그에게 바치라.”라고 외쳤다.

그 무렵 하루를 시작하는 동편의 하늘이 온통 장밋빛으로 물들고 다른 쪽도 맑게 개며 아름답게 꾸며지는 태양이 솟아오르듯 천사들의 손에서 뿌려지는 꽃들 사이로 한 여인이 나타났다.

그녀는 머리에 하얀 너울을 쓰고 그 위에 올리브나무 잎사귀로 엮은 관을 두르고, 푸른 망토를 불꽃처럼 빨간 옷 위에 받쳐 입고 있었다.

단테는 눈으로 그 여인을 알아보지는 못했으나 그녀에게서 느껴지는 은밀한 힘을 통해 옛 사랑의 강렬한 힘을 감지했다.

이에 놀란 단테가 베르길리우스를 쳐다보고 가르침을 달라고 부탁했으나 베르길리우스는 자신을 감추면서 단테의 곁을 떠났다.

단테는 그의 모습이 사라지자 북받치는 슬픔을 이기지 못해 눈물을 하염없이 흘렸다.

"단테여, 베르길리우스께서 가버렸다고 우는가? 아직 울어서는 안 되오. 그대는 그대 자신을 위해서 울어야 할 것이오."

단테는 이처럼 제 이름을 부르는 소리를 듣고는 몸을 돌려 천사들에게 에워싸인 그 여인을 다시 보았다. 그 여인은 미네르바의 잎사귀로 엮어 두른 관에서 흘러내린 머리가 만든 그림자 때문에 얼굴이 잘 보이지 않았지만 품위 있는 여왕처럼 이야기를 계속했다.

"그대여, 나를 보십시오. 나야말로 그대를 기다리는

베아트리체입니다. 그대는 왜 이곳에 오셨는지 잊으셨습니까? 여긴 축복받은 자들만이 들어오는 곳인지 모르고 계셨나요?"

그 말을 들은 단테는 마치 어머니에게 꾸중을 듣는 어린애처럼 발밑을 쳐다보고 있을 수밖에 없었다. 베아트리체는 마차의 가장자리에 계속 서서 천사들을 돌아보며 이야기했다.

"그대들은 영원토록 깨끗한 빛 속에 있으므로 모든 것을 바로 알 수 있을 것입니다. 나는 저기서 울고 있는 자에게 어리석음에서 깨어나야 죄와 괴로움의 무게가 같아진다는 것을 깨우쳐주는 것이라오. 나는 그에게 길동무까지 보내 무던히도 낮은 지옥으로부터 연옥과 이곳에 이르기까지 온갖 모습을 보여주는 것 외에 그를 구원할 수 있는 방법이 없었습니다. 그가 눈물을 흘려야 하는 뉘우침의 대가도 치르지 않고 이 레테강을 건너고 물맛을 본다면, 지고하신 하느님의 율법이 깨지는 것이 아니겠습니까?"

천사들에게 말을 마친 베아트리체는 단테에게 준엄한 목소리로 말했다.

"오, 강 건너편에 있는 그대여, 나의 말이 참된 것인지 아닌지 말해보세요. 이제 그대의 고백과 참회가 따라야 하지 않겠어요?"

그러나 단테는 정신을 차리지 못할 정도로 아찔함을 느껴 무슨 말인가를 하려 했으나 입술이 움직여지지 않았다.

"뭘 그렇게 골똘히 생각하는 건가요? 그대 안에 있는 슬프고 죄스러운 추억이 아직도 물에 지워지지 않았으니 어서 대답하오."

베아트리체가 재촉했다.

"네."

단테는 겨우 그 한마디를 하고는 눈물과 한숨을 쏟아놓을 뿐이었다.

"그대가 고백해야 할 것을 부정하거나 입을 다문다고 그대의 죄가 드러나지 않는 것은 아닙니다. 심판관이신 하느님이 다 알고 계시니까요. 그러나 죄인 스스로 자기의 죄를 알고 그것을 뉘우칠 때는 재판이 엄하지 않습니다. 마치 숫돌의 바퀴가 칼날을 거슬러 반대로 돌아가면 그 날이 무디어지듯 말입니다. 그러니 어서 눈물을 거두고 잘 들어주세요. 그러면 옳은 방향으로 가게 될 것입니다. 내가 죽은 다음에 당신의 욕망을 부채질한 것이 무엇인가요? 헛되고 그릇된 일을 박차고 나서야 했는데 하느님께 오르는 날개를 떨어뜨리고 헤매지 않았던가요?"

마치 잘못한 아이들이 눈을 땅으로 내리깔고 묵묵히 서서 듣기만 하면서 제 잘못을 인정하고 뉘우치는 것처럼 단테는 그렇게 서 있었다.

"그대는 듣기만 해도 괴로운 모양이지만, 얼굴을 드시지요. 그러면 천상의 아름다움을 보면서 지상의 속절없는 행복을 좇던 것이 더 후회스럽게 느껴지는 고통을 겪게 될 것입니다."

베아트리체가 가혹한 목소리로 말했다. 단테는 얼굴을 들면서 천사들이 꽃 뿌리던 일을 멈추었음을 알게 되었다. 그는 속세의 행복과 쾌락을 좇던 뉘우침에 마음이 찔리는 고통을 느끼며, 그토록 그를 유혹하던 세속적 쾌락이 이제는 가장 큰 원수임을 뼈저리게 느꼈다.

단테가 그처럼 쓰라린 죄의식에 압박을 받으면서 겨우 정신을 차리자 그 앞에 낙원에서 처음 만났던 여인이 나타났다.

"나를 붙드시오."

그녀는 그를 목까지 물에 잠기게 하고는 가뿐히 물 위로 이끌어 갔다. 그가 건너편 강둑에 이르자 감미로운 노랫소리가 들려왔다.

"이 몸 깨끗해지리라."

그때 그 여인이 다시 한번 팔을 벌려 단테의 머리를 껴안고 물속에 푹 잠기게 해다. 그런 뒤에 흠뻑 젖은 그를 건져 네 명의 아름다운 여인이 춤추는 가운데로 데려가자 그들 모두가 단테를 포옹하였다.

"우리는 여기에 있는 물의 요정, 또 하늘의 별로 베아트리체 님이 내려오시기 전부터 그대를 시중들게 되어 있습니다. 이제 그대를 베아트리체 님의 눈앞으로 데려갈 것입니다. 그러나 그 전에 저기 세 여인께서 그대의 눈(통찰의 눈)을 날카롭게 해주실 것입니다."

그들은 단테를 그리핀의 가슴으로 데리고 갔다. 단테는 사랑, 소망, 믿음의 화살을 맞고 불꽃보다 더 뜨거운 소망을 갖게 되었으며, 눈은 보다 더 밝게 빛나게 되었다. 그 빛남 속에서 단테는 놀라움과 천상양식으로 가득 채워짐을 느꼈다. 그러자 세 여인이 천사들의 노랫소리에 맞춰 춤을 추면서 천길만길 걸어온 단테를 향해 미소를 보내 달라며 베아트리체에게 간구하는 노래를 불렀다.

그리하여 단테는 10년 만에 베아트리체의 미소를 직접 대하게 되었다. 그녀를 정신없이 바라보자 몸이 점점 마비되는 것처럼 다른 것을 느끼지 못했지만, 점차 익숙해지자 움직이는 마차를 따라가며 환상에 젖기도

했다.

단테의 환상은 지상의 교회와 이방인에 대한 여러 가지 우화와 상징을 담게 되는데, 베아트리체는 마텔다와 함께 에우노에 강물을 맛볼 수 있도록 단테를 그쪽으로 데려갔다.

베아트리체는 순례의 마지막 길목인 에우노에강으로 단테를 인도하면서 스타티우스에게도 따라오라고 했다.

그 성스러운 물을 마신 이들은 마치 새로 돋아난 잎사귀로 새로워진 초목들처럼 다시금 소생해 별들에게라도 솟아오를 수 있을 만큼 순수한 영혼이 되었다.

III

천국편(天國篇)

천체의 질서

천국으로 올라간 단테는 천체의 신비와 질서를 노래하며 그 오묘한 조화와 위대한 빛의 모습을 좀 더 확실히 알기 위한 열망을 묘사했다. 그리고 하느님의 영공은 온 우주를 남김없이 비추고 있으나 곳에 따라 빛이 더하기도 하고 덜할 수도 있음을 말하면서, 지상의 소망이 이를 뒤따르면서 하늘나라의 신비를 깨닫게 한다고 실토했다

단테는 그 신비를 깨닫게 된 것이 그의 지성, 즉 정신 안에 가장 값진 보물이 되어 간직할 수 있던 덕분이라고 고백하며, 인간의 힘으로는 도저히 표현할 수 없는 이 신비로운 모습을 노래할 수 있도록 뮤즈와 아폴론(진정한 그리스도를 뜻함)에게 도움을 청했다.

"아, 마음씨 좋은 아폴론이여, 나의 이 마지막 작업을

도와서 월계관을 쓰게 하여 그대 마음에 들게 해주오."

단테는 청원하며 겸허하게 머리를 조아렸다.

"내 가슴속에 들어와 마르시아스(아폴론과 겨루었다가 그 벌로 산 채로 가죽이 벗겨진 반인반양의 신화 속 인물)를 칼집에서 뽑아내던 그때처럼 그대의 숨을 불어넣어주오."

단테는 우리의 마음이 구원의 소망인 하느님께 가까워지면 기억이 작용하지 못할 만큼 깊이 빠져들기 때문에 그에 이르는 과정에서 본 바를 묘사할 수밖에 없다고 생각했다. 또한 그는 천국이 지구를 감싸 둘러싸고 있다고 생각했다.

이처럼 지구를 겹겹이 싸고 있는 하늘을 아홉 개로 구분했으며, 그 밖을 하느님이 계신 정화천(淨化天)으로 묘사하였다.

첫째 하늘은 지구에서 가장 가까운 곳으로, 달이 그 상징이 되어 월천(月天)이리 불린다. 여가에는 안젤리라고 불리는 천사들이 있으며, 일종의 불완전한 영혼들이 자리 잡고 있는 것으로 본다.

이 세계를 파악하게 하는 학문의 특징을 문법으로 표현하고 있음은 가장 기본적인 학문의 원리를 강조하는 것이기도 하다.

둘째 하늘은 달 다음에 있는 수성이 상징이 되어 수

성천(水星天)이라 불린다. 여기에는 아라칸젤리라 부르는 대천사들이 있으며, 활동적인 영혼들의 모습이 두드러지게 표현된다. 논리학의 세계를 여기에 대비시킨 단테는 그리스도의 죽음과 인류의 구원, 육신의 부활을 규명하는 신학적 문제를 제기한다.

셋째 하늘은 금성천(金星天)으로 불리며, 프린치파티리고 불리는 권품천사(權品天使)들이 자리 잡고 있다. 여기에 있는 영혼들의 특징은 사랑의 축복으로 묘사되고 있으며 수사학이 이를 아름답게 묘사해준다.

넷째 하늘은 태양천(太陽天)으로 지혜로운 영혼들이 자리 잡고 있으며, 그것에는 능품천사(能品天使)들이 있다. 인간의 판단이 가져오는 오류를 저울질하는 산술학이 의미 있게 제시되며 솔로몬의 지혜가 칭송된다.

다섯째 하늘은 화성천(火星天)으로 믿음을 위해 싸웠던 용감한 영혼들이 칭송을 받는다. '비르투디'라고 불리는 힘의 천사들에 둘러싸여 있으며, 이웃에 대한 사랑의 덕이 묘사된다. 음악이 학문적 관련성을 대변한다.

여섯째 하늘은 목성천(木星天)이다. 의로운 영혼들의 안식처로 묘사된 목성천에는 주품천사(主品天使)들이 있으며, 하느님의 정의를 사랑하는 덕이 묘사된다. 기하학이 학문적 관련성으로 등장해 하느님의 정의의 불가해

성(不可解性)을 기하학적으로 풀 수 없음이 강조된다.

일곱째 하늘은 토성천(土星天)으로, 관조하는 영혼들의 모습이 묘사된다. 좌품천사(左品天使)들이 자리하고 있는데, 운명의 신비를 관조하는 천문학이 등장한다.

여덟째 하늘은 항성천(恒星天)으로, 케루빔 천사들이 승리의 덕을 칭송하는 데 형이상학이 언급된다.

아홉째 하늘은 원동천(原動天)이라 불리며, 천사들의 합창이 메아리치는 곳으로 세라핌 천사들이 하느님의 위대하심을 노래한다. 학문성 관련성으로는 윤리학이 언급된다.

마지막 하늘은 엠피레오라고 불리는 정화천(淨化天)이다. 천체를 움직이시는 하느님의 빛이 넘치는 곳으로, 이를 아는 것은 오로지 신학을 통해서만 이루어질 수 있다는 것이다.

천국의 순례

단테는 드디어 하느님의 은총으로 하늘에 올라 그 넓은 세계를 향한 천국의 순례를 시작했다. 그런데 별안간 몸이 가벼워져, 자신이 영혼만 지닌 것인지 아니면 육신을 함께 지니고 있는지조차 느끼지 못할 정도였다. 그는 하늘의 영원한 움직임을 바라보았으나 그것이 처음에는 태양의 불로 태워지고 있는 광활한 하늘을 보고 있는 듯했다.

단테는 이와 같은 오묘한 조화의 이치를 알고 싶어 애태우게 되었다. 그의 생각을 꿰뚫어본 베아트리체는 단테에게 이제 땅을 벗어나 불빛의 속도로 하늘을 향해 날아오르고 있다고 설명해주었다.

"모든 만물은 저마다 질서가 있으니, 이것이 우주의 하느님을 닮은 이치랍니다. 여기에 이성과 사랑을 지닌 인간과 천사가 있지 않습니까? 이들은 영원무궁하신 하느님의 권능의 자취인 것이며, 만물의 질서가 되시는 하느님의 영광을 위해 창조되었지요. 또한 자연은 질서 가운데 제 몫을 따라 멀리든 가까이든 그 근원으로 기울어 존재의 바다를 거쳐 여러 곳으로 향하는 본성을 지니는 것이지요. 이 본성이 불타오르게 하고 마음을 움직이며 인력을 나타내는 것입니다. 이처럼 본능의 활은 지성 밖에 있는 자연 사물뿐만 아니라 지성과 사랑을 지니고 있는 피조물인 사람들에게도 화살을 당기는 것이지요. 우리의 의지가 그 화살을 당길 때 과녁을 빗나가기도 하지만, 그것 역시 하느님의 힘, 질서가 작용하는 힘에 따라 굽어져 떨어지는 것 아니겠습니까? 그러니 그대가 불길처럼 솟아오르는 것도 이상하게 여기지 마세요. 그것이 하느님의 섭리에 따른 것일 때는 물이 높은 곳에서 낮은 곳으로 흐르는 것만큼이나 자연스러운 일이기 때문입니다."

베아트리체는 이렇게 말한 다음 얼굴을 들었다. 베아트리체가 위를 쳐다보고 단테가 그녀를 바라보며 날아오른 후 그들은 첫째 하늘인 월천(月天)에 도달했다. 그러자 햇빛을 빨아들인 금강석처럼 눈부시며 단단하고 깔끔한 하늘이 그들을 감쌌다. 또한 물이 햇살을 고스

란히 받아들이듯 달이 두 순례자를 제 안에 감싸안았다.

단테는 인간의 세계에서 자기를 그토록 멀리 데려오신 하느님께 감사드리고 나서 베아트리체에게 달 속에 보이는 점들은 무엇이냐고 물었다. 그러자 그녀는 생긋 웃으면서 단테의 생각을 되물었다.

단테는 아베로에스의 학설을 인용하면서 달 표면 농도의 강약에 따른 것 아니냐고 반문했다. 베아트리체는 그것은 사실이 아니라고 말하면서 천체의 본성과 이에서 연유하는 밝음과 어둠, 즉 명암의 차이를 나타내게 되는 것이라고 설명해주었다. 단테는 그 전에 사랑으로 그를 뜨겁게 해주던 여인이 이토록 깊은 진리의 뜻을 깨우쳐줌에 감사함이 북받쳐 이를 베아트리체에게 고백하며 고개를 쳐들었다.

불완전한 서약

그때 갑자기 하나의 환영(幻影)이 나타나 단테를 끌어당겼다. 그러나 단테는 실체인지 허상인지 분간을 하지 못했고 실제로는 어떤 모습도 찾아볼 수 없자 이상하다는 듯이 베아트리체를 바라보았다. 그녀는 웃으면서 말했다.

"그대의 어린애 같은 생각 때문에 내가 웃음 지었다고 해서 이상하게 생각지 마오. 그대의 발이 아직도 진리의 세계에 익숙하지 않고 헛되이 몸을 놀리게 하니 우스웠을 뿐이오. 그대가 보는 그것이 진정한 실체인데 허상처럼 보이는 것은, 그들이 서약(誓約)의 소명(召命)을 완전히 채우지 못했기 때문이랍니다. 그들과 한번 거리낌 없이 이야기해보세요."

단테는 그들 중에서 그와 이야기하고 싶은 듯 여겨

지는 영혼 앞에 가서 말했다.

"오, 축복받은 영혼이여, 영원한 삶의 빛줄기 속에서 맛보지 않고는 느낄 수 없는 감미로움을 지니고 있는 자여, 그대가 누구인지 내게 말하여 내 마음을 채워주시기 바랍니다."

그러자 그 영혼이 미소 지으며 대답했다.

"모든 이가 당신을 닮게 되기를 바라시는 자비로움 못지않게 우리의 사랑도 올바른 소망 앞에 항상 열려 있지요. 나는 생전에 동정(童貞)을 서약한 수녀였습니다. 내 아름다웠던 모습을 그대도 기억하실 수 있을 겁니다. 내 이름은 피카르다입니다. 내가 축복받은 자들과 함께 있으나 이처럼 낮은 하늘에 있는 것은 단지 우리가 서약한 소망을 완전케 하지 못했기 때문이랍니다."

그 말을 듣고 단테가 다시 물었다.

"그대들의 얼굴은 신비스럽게 변해 옛 모습만 아는 나는 선뜻 누구인지 알아볼 수 없었습니다. 내가 머리에 떠오르는 생각을 물어보아도 좋을지 모르겠군요. 여기서 그대들이 복되게 있기는 하지만 그래도 더 많은 것을 보거나 많은 벗을 사귀고자 더 높은 곳으로 오르기를 바라지는 않습니까?"

그녀는 옆의 다른 영혼들과 더불어 방긋이 웃으며

기쁜 낯으로 대답했다.

"형제여, 사랑의 힘이 우리의 의지를 고요히 가라앉히고 있기 때문에 오로지 우리가 가지고 있는 것을 향유할 뿐이지 다른 것을 더 탐내지 않습니다. 우리가 만일 더 높은 것을 탐낸다면 우리를 이곳에 마련해놓으신 그분의 뜻에 어긋나게 되는 것이 아닌지요? 여기에선 사랑 안에 있음이 필요하며, 또 그것이 뜻하는 본연의 의미를 그대가 깨닫는다면 그와 같은 어긋남이 용납될 수 없음을 잘 알게 될 겁니다. 우리의 의지를 하나가 되게 하시는 그분의 의지 속에 우리의 평화가 깃드는 것이기 때문이지요. 이것은 그분이 창조하시고 이를 따라 자연히 이루어지는 모든 것이 그리로 움직여 가는 의지의 바다인 것입니다."

단테는 비로소 하느님의 은총이 같은 모양으로 채워지는 것은 아니지만, 하늘나라에서는 어느 곳이든 천국을 이루고 있음을 분명히 깨달았다.

피카르다는 성녀 클라라의 모범을 따르기 위하여 어릴 때 속세를 더나 수도원으로 들어갔다. 그러나 선보다는 악을 행하는 자들에게 납치되었고 이로 인해 수도서원을 더 이상 행할 수 없었던 것이다. 그녀는 자신의 삶에 대해 이야기한 다음 자기와 처지가 비슷했던 사람의 사연을 들려주었다. 그녀 역시 수녀원에서 납치되어 강제로 속세에 되돌아왔으나 끝끝내 수녀원의 생활을 동경했던 코스탄차였다. 그녀는 후에 하인리히 6세의 부인이 되어 페데리코 2세를 낳았다.

피카르다는 이 같은 이야기를 마친 후 '아베 마리아'를 노래하기 시작했는데, 마치 무거운 물건이 깊은 물에 잠기듯 그녀는 노래하며 단테의 눈앞에서 사라졌다.

단테는 피카르다의 이야기를 듣고 두 가지 의문을 느꼈다.

하나는 상황이 변하더라도 서원을 지켜 나가려는 의지가 계속되는데 어째서 타인의 폭력이 공덕을 감퇴시키는 것인가 하는 것, 또 하나는 축복받은 영혼들이 각각 다른 하늘에 나타난다면 영혼들은 별들로 되돌아간다는 플라톤의 말처럼 되는가 하는 것이었다. 베아트리체는 단테의 마음속에 일고 있는 의문을 헤아리고 그에 대한 답변을 해주었다.

"하느님께 가장 가까이 있는 세레핌 천사나 모세, 사무엘, 그리고 세례자 요한과 사도 요한, 또 주님의 모친이신 성모 마리아까지도 방금 그대에게 나타났던 영혼들과 다른 세계에 있는 것이 결코 아니랍니다. 또 그들이 존재하는 곳도 똑같이 영원한 곳입니다. 이들 모두가 정화촌인 엠피레오 둘레를 아름답게 하면서 단지 거룩하신 하느님의 숨결을 더 혹은 덜 느낌에 따라 그들이 갖는 행복한 삶의 형태가 각각 다를 뿐이지요. 앞서 그들이 이곳에 나타난 것은 이 월천(月天)이 그들에게 운명 지어졌기 때문이 아니라 하늘나라의 오르막길 중 낮은 곳을 표시하기 위함이지요. 이렇게 말해주어야 그대의 수준에 맞는 것은 그대는 아직도 모든 것을 감각적으로만 이해할 수 있기 때문입니다. 그래서 하느님의 말씀인 성경도 그 수준에 맞추어야 했고, 성스런 교회도 인간의 모습을 지니지 않을 수 없었던 것이지요. 예를 들면 성 가브리엘 대천사, 성 미카엘 대천사, 성 라파엘 대천사가 나타나 하느님의 뜻을 전한 것이 모두 그 때문이랍니다."

베아트리체는 인간들에게 더욱 해를 끼칠 수 있는 의문부터 해명하고는 남은 의문까지 마저 설명했다.

"하늘나라의 정의가 사람들의 눈에 이해되지 못하는 것은 신앙의 증거인 셈입니다. 그러나 그대들의 지성을 이 진리로 인도할 수 있을 것 같으니 충분한 설명을 해드리겠습니다. 즉 폭력이 가해져 어쩔 수 없이 이를 받아들여야 하는 자가 그것을 강요하는 자에게 아무런 짓을 하지 않았어도 이 영혼들은 그 탓을 벗어날 수 없습니다. 의지라는 것은 원하지 않는 한 꺼져버리는 것이 아닙니다. 오히려 폭력이 그를 수천 번 뒤흔들어놓는다 하더라도 본성이 불 속에서 꺼지지 않듯 해야 할 것입니다. 성 라우렌시오는 박해를 받을 때 철판 위에 올려져 불에 담금질을 당했어도 그 영혼은 하느님의 뜻에서 떠나지 않았고, 무키우스는 로마를 포위망에서 구원하려다 실패하고는 그 책임을 느껴 제 손을 불 속에 넣어 태운 것처럼 이들의 의지는 곤경 속에서도 굽히지 않고 굳게 지켜졌던 것입니다. 그러기에 저들도 그들의 의지를 지키기 위해 끝까지 노력했어야 하는 것입니다. 코스탄차가 수도생활에 대한 그리움을 계속 간직했다는 말은 피카르다로부터 그대가 들었지만, 바로 이 점에서 견해가 엇갈리는 것이지요. 즉, 서약은 어떤 경우라도 변명할 수 없다는 위험을 내포하고 있기 때문입니다."

"잘 알았습니다. 당신의 말씀을 듣고 나니 마음이 편해집니다. 그러나 한 가지 더 묻고 싶은 것이 있습니다. 만약에 그 서약 자체가 합당치 못한 것이었다면 어떻게 해야 그 무거운 죄를 보속할 수 있을까요?"

"하느님께 서약을 하는 것은 자유지만, 결코 경솔하게 해서는 안 될 것입니다. 의지의 자유는 하느님께서 가장 값지게 생각하는 것이기 때문입니다. 그대의 질문은 일단 자기가 마음으로 맹세한 것을 부득이한 경우 어떻게 하면 없던 것으로 할 수 있을까 하고 생각하는 것인데, 그것은 불가능합니다. 일단 이루어진 서원은 취소될 수 없는 것이지요. 그러니 사람들은 서원을 가볍게 생각하지 말아야 합니다. 옛날에 입다는 암몬인들과의 싸움에서 이길 경우 집에 돌아와 제일 먼저 만나는 사람을 제물로 바치겠다는 서약을 했다가 외동딸이 나오자 당황했지만, 어쩔 수 없이 기뻐하며 뛰어나온 그 딸을 제물로 바치기 위해 불 속에 집어던지지 않았습니까? 또 그리스의 대장 아가멤논도 트로이 전쟁에서 다이나 신과 한 약속으로 인해 제 딸을 그에게 바칠 수밖에 없게 되었습니다. 그러니 하느님께 마치 바람에 휘날리는 깃털 같은 서약을 해서는 안 되는 것이지요."

베아트리체는 이처럼 단테에게 차근차근 이야기하고는 또다시 태양을 향해 솟구쳐 올랐다.

영예의 광채

그들은 마치 활시위가 잠잠해지기도 전에 과녁에 박히는 화살처럼 둘째 하늘인 수성천(水星天)에 떠올랐다. 베아트리체의 모습은 높이 올라감에 따라 더욱 아름답고 거룩하게 빛났다.

그때 잔잔하고 맑은 연못 안에 먹이가 떨어지면 물고기들이 몰려드는 것처럼 수없이 많은 별이 그들을 향해 몰려오자 말소리가 들렸다.

"보라, 우리의 사랑을 키워줄 분이로다."

그들이 이처럼 다가왔을 때, 그들의 그림자마다 스스로 말하는 눈부신 광채 속에 기쁨이 가득하였다. 그들 중 한 영혼이 말했다.

"죽음을 알기 전에 영원한 승리의 옥좌를 보게 된 축복받은 그대여! 우리는 하늘을 뒤덮은 이 광채에 둘러싸여 있으니, 그대 우리 곁에서 빛나고자 하거든 원하는 바대로 하시지요."

"마음 놓고 말씀하시지요. 그들을 믿느니."

베아트리체가 말하자 단테가 먼저 그에게 말을 건 영혼에게 물으면서 가까이 다가갔다.

"자신의 광채 속에서 찬연히 빛나고 계신 고귀한 분이시여, 당신은 어떤 분이시며, 어떻게 여길 오셨는지요?"

"나는 로마의 황제 콘스탄티누스보다 2백 년쯤 뒤에 황제가 된 유스티니아누스입니다. 나는 그리스도만이 하느님의 진리이시며, 그리스도의 본성은 천주성 하나로만 알고 있었는데, 그 후 아가페토스 교황께서 나를 올바르게 이끌어주셨습니다. 그래서 나는 교회와 보조를 맞춰 가면서 하느님의 은총 속에서《로마 법전》을 제정하는 고귀한 일에 온몸을 바쳤습니다. 나는 이를 위해 전쟁에 관한 모든 일을 벨리사리우스에게 맡겼습니다. 그리고 계속해서 하느님의 뜻에 합당한 법전을 만들었지요. 그런데 지금은 로마가 황제파인 기벨리니 당과 교회파인 겔프 당으로 분열되어 싸우고들 있으니, 보기에도 딱한 일입니다."

유스티아누스는 차례차례로 로마 인들의 온갖 분쟁에 대하여 간추려 설명했다.

"호산나, 만군의 왕 거룩한 주님이시여, 당신은 높은 데로부터 풍요한 빛을 발하시어, 이 하늘나라의 천사와 성인들을 비추시도다."

유스티아누스는 이야기를 마치고는 신의 찬가를 부르며 다른 영혼들과 함께 춤을 추며 멀어져 갔다. 그러자 단테에게 또 하나의 의문이 일어났지만 그는 감히 그것을 밝히려 들지 못했다. 베아트리체는 벌써 그의 속 마음을 읽고는 웃음 띤 얼굴로 그 의문을 풀어주었다.

"내 생각이 옳다면 그대는 유스티아누스의 말 중에서 의로운 복수가 왜 벌로 대가를 치러야 하는지 의문을 갖게 된 것이 아닌가요? 즉 그리스도의 죽음이 아담의 죄에 대한 마땅한 대가였다면, 어째서 예루살렘의 멸망으로 또다시 대가를 치러야 했는가하는 점일 것입니다. 그러니 이제 그대의 마음을 풀어줄 것인즉, 내 말을 잘 들으십시오. 위대한 진리를 밝혀줄 것이니까요."

베아트리체는 신학적 설명으로 구원의 신비를 자세히 밝혔다.

"아담은 하느님에 의해 창조되었는데, 제 의지에 재갈을 물리지 않고 죄를 지어 그 자신과 인류 전체에 해를 끼쳤습니다. 그리하여 사람들은 오랫동안 이 원죄 상태애서 지내다가 그리스도의 죽음으로 인해 그 굴레를 벗어나게 되었지요. 그러므로 그리스도의 죽음은 원죄의 의로운 갚음이었으나 그 한 가지 일에서 의미가 파생되었음을 잊지 마십시오. 그분의 죽음은 하느님의 의도를 채워드렸습니다. 또 유대인들은 그들의 증오를 만족시키는 즐거움을 채웠습니다. 그로 인해 땅이 진동하고 하늘이 열려 예루살렘의 멸망을 지켜보게 된 것이지요."

단테는 또 하나의 의문에 사로잡혔다. 즉 하느님께서는 어째서 인간의 구원을 위해 독생자의 죽음을 택하셨는가 하는 점이었다. 베아트리체는 이에 대해서도 이야기했다.

"인간은 원죄로 인해 제 능력 안에서는 보속을 다할 수 없으니, 그것은 저 스스로의 힘으로 이를 키워 갚을 수 있기 때문입니다. 그러므로 하느님은 당신의 사랑과 정의를 동시에 만족시키면서 인간을 온전한 삶으로 다시 회복시키셔야 했던 것이지요. 창조의 날과 최후의 심판의 날 사이에서 이처럼 고귀하고 위대한 일은 더 이상 있을 수 없을 것입니다. 하느님께서는 인간으로 하여금 그가 능히 제 본모습을 재생하기 위해 자신을 겸손히 낮추시지 않았다면 하느님의 정의와 사랑을 함께 채우는 다른 어떤 방법도 찾을 수 없었을 것입니다."

그래도 단테는 '하느님께서 창조하신 것이 어찌하여 썩고 부패할 수 있는가?' 하는 의문에 휩싸였다. 베아트리체는 이에 대해서도 명료하게 답변했다.

"형제여, 천사들과 그대가 지금 있는 이곳 천국은 그들의 실태를 그대로 지닌 채 창조되었답니다. 그러니 그대가 답한 요소들, 즉 물이며 공기, 불, 땅과 같은 것들은 창조된 힘에 의해 형상이 갖추어지는 것들이지요. 온갖 짐승과 식물의 혼은 거룩한 빛과 움직임이 가능성을 내포한 원질(原質)에서 이끌어낸 것이지만, 인간의 생명은 지고지순하신 하느님의 자비로움이 그 후에도 그분의 사랑의 열망을 느끼게 되는 것입니다. 인간이 하느님의 모상대로 창조되었음을 그대가 돌이켜 생각한다면, 인간의 육신도 변함없이 부활할 것이란 사실도 아마 미루어 헤아리실 수 있을 것입니다."

사랑의 기쁨

새벽에 빛나는 별 금성, 아름다운 비너스가 사랑의 빛을 발하면서 선회하는 별이라고 믿었던 그 별의 이름을 딴 셋째 하늘 금성천에 다다랐음을 단테는 미처 깨닫지 못하고 있었다. 그러다 베아트리체의 모습이 더욱 빛나는 것을 보고 이를 알게 되었다.

단테는 또한 불꽃 속의 불티가 보이는 것처럼, 그리고 목소리 속의 목소리가 번갈아 들리는 것처럼 찬연히 빛나는 광채 속에서 축복받은 영혼들의 등불들이 빙글빙글 돌고 있는 것으로 보였다. 단테는 그 움직임이 영원한 직관을 좇는 움직임처럼 느껴졌다.

이 등불들은 사랑을 강렬히 느꼈던 자들의 영혼이었다. 그 영혼들은 빙글빙글 도는 회전을 멈추고 대기의 저 높은 곳에서 내려오는 바람과 같은 속력으로 두 방문객을 마중 나왔다. 그들이 마중 나오는 행렬 맨 앞에서 '호산나' 찬미의 노래가 울려 퍼졌다.

그리고 그들 중 하나가 가까이 오며 말을 꺼냈다.

"우리는 모두 사랑의 기쁨으로 충만하답니다. 그래도 우리의 기쁨을 함께 누리게 하고 싶군요. 그대는 일찍이 세상에서 우리에게 '셋째 하늘을 슬기롭게 움직이시는 자들'이라고 부른 바 있으니, 그대를 위해 잠시 머무르는 것도 즐거움이 아닐 수 없군요."

단테는 베아트리체의 얼굴을 쳐다본 다음 안심하고 사랑의 빛으로 가득 찬 목소리로 물었다.

"아, 그대들은 누구신가요?"

"내 생애는 여간 짧지 않았습니다. 만약에 내가 좀 더 오래 나폴리 왕국에 있었더라면 그토록 크고 많은 재앙들을 비껴가게 할 수 있었을 것입니다. 지금 나를 감싸고 있는 즐거움은 오히려 그대 앞에서 나 자신을 숨겨 주고 있습니다. 그대는 날 무던히도 사랑했고, 내가 좀 더 오래 살았다면 그대의 사랑에 보답하는 나의 사랑을 더 많이 그대에게 보여줄 수 있었을 것입니다. 남부 프로방스 지방과 나폴리 왕국에서는 나를 군주로 맞이하려고 했고, 헝가리에서는 나의 이마에 왕관을 씌웠으며, 시칠리아에서도 나의 후손들을 섬기고 있습니다."

그 말을 들은 단테는 그가 곧 앙주의 샤를인 것을 알게 되었다. 그는 동생 로베르토에게 왕위를 빼앗긴 인물이었다. 그는 헝가리의 임금으로 피렌체에 온 일도 있고, 단테와도 안면이 있는 사이였다.

"당신께 한마디 여쭙고 싶군요. 어째서 당신처럼 훌륭한 분에게 그처럼 포악한 아우가 있을 수 있는 것인지요?"

"그것은 물론 이 세상을 창조하신 하느님만이 알 수 있는 일입니다. 인간은 누구나 각각 하느님이 창조하실 때 타고난 성질이 있어 형제에도 다를 수밖에 없습니다. 그러므로 서로 다른 직분을 맡아 돕지 않으면 안 되는 것이지요. 솔론은 법률가의 정신을, 크세르크세스는 군인의 적성을, 멜키세덱은 사제가 될 훌륭한 덕을 가지고 태어났는데, 그것은 모두 하느님의 섭리에 따른 것입니다. 이삭의 아들이었던 야곱과 에서를 보십시오. 쌍둥이 형제였던 이들의 성질이 전혀 다르지 않았습니까? 이긴 같이 모두 상질이 다르므로 누구나 자기에게 맞는 일을 해야 하는 것이지요. 그러므로 군인이 되기에 적당한 사람이 사제가 되고자 한다거나 설교를 할 사람이 왕이 되려 한다면, 하느님의 섭리를 거스르는 것이 되어 큰 불행을 자초하게 되는 거지요."

카를은 이야기를 마치고 그의 자식들이 얼마나 사악한 죄악을 저질렀으며 또 어떻게 벌을 받을 것인지 예언하고는 그들 앞에서 사라졌다.

이때 찬란한 빛줄기 가운데 다른 하나가 단테를 향해 오면서 밝게 비추었다. 단테는 그 빛이 자기를 향해 기쁨의 의지를 나타내는 것을 알아보고 정중히 물었다.

"축복받은 영혼이여, 내 소망을 알고 계실 것이니 당신 안에 이를 투영시켜 채워주십시오."

그러자 그 영혼은 선행을 기다리고 있던 자처럼 말을 이어받았다.

"나는 베네치아와 북부 이탈리아를 흐르는 브렌타강과 파아베 샘 사이의 늪지대 트레비소를 끼고 있는 로마노 언덕에 살고 있었답니다. 이 언덕에 에첼리노의 성이 솟아 있었는데, 로마노의 폭군인 에칠리노는 나와 남매간이었지요. 나 역시 사치를 즐기던 여인이었으나 참회하고 하느님을 정성껏 모셨습니다. 나는 그분을 알고 난 다음부터 내 운명의 실마리를 알고 스스로 용서하고 모든 것을 귀찮아하지 않았으니, 속된 자들에게는 이것이 힘겨워 보였을 겁니다. 내 가까이 계신 마르실리아의 폴코 원장님의 명성이 남아 있는 것처럼 영원한 명예를 위해 사람들은 많은 노력을 해야 합니다. 그러나 지금의 세상 사람들은 이에 등한하기 짝이 없으니 그 숱한 재앙 속에서도 뉘우칠 줄 모르는 것을 보면 쉽게 알 수 있지요. 이제 파도바인들은 황제에 대항하여 비첸차 부근에 있는 늪의 물을 피로 물들일 것이며, 트레비소의 영주 카미노는 피살될 것이고, 펠트레는 겔프 당에 충성을 보이기 위해 페라라 인들을 내주어 피를 흘리게 할 것입니다."

여기서 그녀는 입을 다물었다. 단테는 그녀의 이야기 속에 나왔던 마르실리아의 폴코 수도원장의 영혼을 보고 더욱 기뻐하며 그에게 물었다.

"행복하신 분이여, 모든 것을 보고 아시는 주님의 나라에 계시니, 또한 모르실 것이 없으실 것입니다. 그러나 여섯 개의 날개로 하느님을 기쁘게 하시는 세라핌 천사들의 노래와 같은 당신의 목소리가 나의 소원을 풀어주지 못할 이유가 있을까요? 내가 여쭐 필요도 없으리라 생각합니다."

"나는 에브라와 마크라 사이에 있는 항구에서 태어났습니다. 그 고장 사람들은 나를 폴코라고 불렀지요. 나는 벨로스의 딸 디도나 트라키아의 공주 필리스처럼 애욕에 불탔고 테살리아의 왕이었던 에우리토스의 딸 이올레를 납치하여 강제로 결혼했던 헤라클레스 못지 않았습니다. 그러나 여기서 우리는 그것을 뉘우치기보다 즐거워하고 있으니, 그것은 우리의 허물 때문이 아니라 하느님의 힘과 섭리를 알게 되어 세상을 움직이시는 선을 분별할 수 있게 되었기 때문입니다. 그러나 이곳에서 갖게 된 그대의 소원을 풀어드리기 위해 더 말씀드린다면, 여기 마치 맑은 물속의 햇빛처럼 반짝이는 이 빛 속에 누가 있는지 자세히 보기 바랍니다. 그 속에는 여호수아의 사자들을 숨겨준 여리고의 창녀 라합이 우리와 함께 편히 있습니다. 그녀가 교황조차도 생각지 못했던 성지에서 야훼 하느님의 영광을 도왔던 사람인 까닭입니다."

교부들의 면류관

"한 분이신 성부(聖父)와 성자(聖子)께서 물질적인 세계와 정신적인 세계를 지극하신 안배로 창조하셨으니, 이를 보는 자는 그 오묘하심을 맛보지 않고 존재할 수 없으리라."

단테는 하느님께로 솟아오르는 신비로움과 기쁨을 이기지 못하여 창조의 신비와 창조주이신 하느님의 위대함을 찬양하는 노래를 불렀다.

단테는 더욱 밝아 오는 태양 속에서 자신이 어찌하여 그곳에까지 와 있는지도 모르고 있었다.

"그대, 천사들의 해님에게 감사드려라. 빛나는 은총으로 이곳까지 올라오게 해주신 삼위일체이신 하느님께."

단테는 그녀의 말을 듣고 자기가 태양천에 왔음을 느끼고는 심지어 베아트리체가 있다는 것도 잊을 정도로 열렬한 감사의 기도를 드렸다.

이때 수많은 영혼이 노래 부르고 춤을 추면서 단테와 베아트리체 주위에 면류관을 그려주었는데, 그것은 마치 달무리와 같은 모양이 되었다. 또한 그들의 노랫소리는 어찌나 달콤하고 아름다운지 형용할 수가 없었다.

이 지혜로운 자들의 영혼은 두 순례자의 주위를 세 차례 빙빙 돌더니 노래를 그치고 멈춰 서기를 반복했는데, 그것은 마치 여인들이 한 곡의 노래가 끝나면 춤추는 것을 멈추고 다음에 이어질 노래를 기다리는 것과도 같았다. 이 중에서 춤추며 노래하던 영혼 하나가 말했다.

"아, 그토록 아름다운 분에게 인도되어 오신 그대여. 이처럼 기쁜 마음으로 두 분을 에워싸고 즐거이 바라보면서 화환의 모습을 한 우리가 누구인지 알고 싶으신가요? 나는 성 도미니쿠스 수도회의 수도자요. 학자였던 토마스 아퀴나스입니다. 그리고 내 오른편에 가장 가깝게 계신 분은 나의 스승이셨던 대학자 알베르투스이십니다. 그 밖에도 여기에 있는 분들을 확실히 알고 싶으시다면, 나의 말을 귀담아들으시고 축복받은 영혼들의 화환 위로 시선을 옮겨 가십시오. 다음에 피어 있는 깨끗한 빛은 성 베네딕토회의 유명한 그라치아노의 웃음에서 발하는 것입니다. 그는 '그라치아 교회법'이라고 할 만큼 교회에 중요한 법전을 만들어 기여한 분이지요. 바로 그 옆에 계신 분은 '가난한 과부와 더불어 하느님의 애긍함에 하찮은 것을 넣듯이 하노라.'라고 서문을 썼던 교법집(教法集)의 저자인 신학자 피에트로이며, 그다음에 계신 분이 다윗 왕의 아들 솔로몬 왕이십니다. 이분은 세상에서도 무척 그리워하는 탁월한 예지를 담은 현자였지요. 또 그 옆의 분은 사도 성 바오로에 의해 개종하고 아테네의 주교가 되었다가 순교하신 성 디오니시우스이시고, 그 앞에 계신 자그마한 분은 스페인의 파울루스 오로시우스인데, 그분은 로마 제국의 멸망이 그리스도교 때문이었다는 이교도의 주장을 당당히 물리치는 저술을 남기셨습니다. 그리고 그 옆의 거룩한 영혼이 〈철학의 위인〉을 쓰신 성 보에티우스이시지요. 그 밖에 스페인의 학자인 이시도루스, 영국의 교회시가 성 베다, 스코틀랜드의 신비학자이며 파리의 성 빅토르 수도원장이었던 리샤르 그리고 파리 소르본 대학 교수이며 철학자인 시제르 등의 빛나는 영혼들을 보십시오. 이분들은 지상의 불과는 달리 영원히 비추는 빛으로 언제까지나 사라지지 않을 것입니다."

영롱한 구슬을 엮어 내려가듯 이야기하는 성 토마스

아퀴나스의 말을 들으면서 단테는 그 영원한 노랫소리에 싸여 있는 자신의 행복한 모습을 보고 형언할 수 없는 기쁨을 느꼈다.

단테의 기쁨은 지상의 인간들에 대한 연민의 정으로 바뀌어 찬미와 탄식의 노래로 흘러나왔다.

그때 갑자기 방금 그에게 말했던 그 빛 속에서 더 맑은 빛이 쏟아지더니 이야기 소리가 들려왔다.

"하느님의 섭리는 교회가 언제까지나 견고히 천국에 가는 사람들을 위한 좋은 길잡이가 될 수 있도록 두 사람의 도구를 택하셨습니다. 그중 한 분은 마치 세라핌과 같이 사랑의 열정을, 또 한 분은 케루빔의 지혜가 비추는 한 줄기 광채를 드러냈습니다. 우선 사랑의 빛과 열정을 대표한 분이 이탈리아 아시시의 성 프란치스코였고, 지혜를 드러내는 학문의 길잡이가 되도록 선택되신 분이 성 도미니스쿠였지요. 그 어느 분이나 똑같이 훌륭했기에 한 분만 말씀드려도 될 것이니, 아시시의 성 프란치스코에 관해서만 이야기해보겠습니다. 그 분은 피에트로 디 베르나르도라는 부잣집의 아들로 태어났습니다. 그러나 그는 거지와 같은 청빈함을 사랑해 거리로 나가 그리스도교를 선교하면서 극빈한 수도 생활을 계속하면서 일생 동안 거리의 사람들을 감화시키며 살았습니다. 그분은 순교를 무릅쓰고 이교도의 왕을 찾아가 포교를 하고 돌아오는 길에 그리스도의 오상(五傷)을 받았습니다. 그리하여 그분은 성 프란치스코 수도회의 기초를 닦아 놓으신 것이지요."

상 토마스 아퀴나스가 말을 마치자, 열두 명의 축복받은 영혼들은 그들이 이루고 있는 면류관 모양을 유지하면서 둥글게 반짝였다. 그 모양이 한 바퀴 빙 돌기도 전에 또 한 겹의 면류관 모양이 그 위에 둘러지면서 춤을 추는 모습이 보이고 노랫소리가 감미롭게 들렸다. 이들 두 겹의 면류관은 단테와 베아트리체를 감싸고 그 주위를 돌면서 한 쌍을 이룬 듯이 조화롭게 빛났다.

마치 사람의 두 눈이 그의 의지에 따라 떴다 감았다 하는 것처럼 노래와 춤이 한마음이 되어 끝났을 때, 두 번째 면류관을 쓰고 있는 그들 중에서 한 영혼이 말했다.

"나는 성 프란치스코의 사랑의 빛을 듬뿍 받은 사람 중의 하나입니다. 성 토마스 아퀴나스께서 우리들의 스승이신 프란체스코를 그토록 찬양하여 그대에게 이야기해주셨기에, 나도 성 토마스 아퀴나스의 스승이신 성 도미니쿠스에 대해 그대에게 말씀드리렵니다."

이렇게 전제하고 단테에게 이야기를 계속하는 그는 프란치스코 수도회의 성 보나벤투라였다.

“성 도미니쿠스는 스페인의 화창하고 경치 좋은 도시인 칼라투에가 태생입니다. 그분의 마음은 태어나는 순간부터 그리스도교 신앙으로 넘쳐흘렀습니다. 전하는 바에 의하면 그분이 영세를 받아 신앙과 융합되던 날 그의 모친께서 꿈을 꾸었다고 합니다. 그것은 희고 검은 빛이 섞인 털을 가진 개가 불덩어리를 입에 물고 돌면서 세상을 블태워버리는 무서운 꿈이었습니다. 그와 같은 꿈속의 예언은 도미니쿠스가 자라면 주님의 용사가 될 것임을 나타낸 것이었고, 이것은 성취되었습니다. 도미니쿠스는 굳은 신앙으로 교회를 위해 한평생을 바칠 서약을 하고, 후에 그의 학문으로 온 세계 이교도들의 학설을 마치 불꽃처럼 태워 격파했으니 말입니다. 그리하여 도미니크 수도회의 기초를 다지고 그리스도의 진리를 학문으로 넓혀 가는 사람들을 위한 길잡이로 존경받게 된 것입니다. 그와 함께 지상의 교회는 성 도미니쿠스와 성 프란치스코가 이루어놓은 수도회의 두 바퀴에 의지하면서 세계의 각 나라로 복음을 전할 수 있게 되었지요. 그러나 지금 보면 이 두 분의 길에 남겨진 수레바퀴의 흔적을 아는 사람이 너무나 적다고 생각하지 않습니까?“

그는 답답하다는 듯이 단테에게 되묻고 말을 계속

했다.

"나는 바뇨레지오의 영혼입니다. 성 프란치스코의 제자들인 일루미나토와 아우구스티누스가 여기 있으며, 산 비토레 수도원장인 우고, 프랑스의 신학자 피에트로, 열두 권의 훌륭한 저서를 남긴 스페인의 피에트로, 예언자 나탄, 그리스의 대주교 크리소스토무스, 캔터베리 대주교 안셀무스, 로마의 위대한 문법학자 도나투스, 마인츠의 주교이며 신학자인 라바누스, 예언의 영감을 부여받았던 칼라브리아의 수도원장 조바키노가 모두 빛을 발하고 있지요."

보나벤투라가 말을 마치자 빛나는 영혼들이 두 겹의 원을 이루고 다시 춤을 추는데 그야말로 장관이 아닐 수 없었다.

이와 함께 두 원의 영혼들은 찬미의 노래를 불렀다. 그러나 그것은 바쿠스나 아폴론 신이 아니라 삼위일체의 신비와 그리스도의 천주성(天主性)과 인성(人性)을 찬미했다. 노래와 춤이 끝나자 그들은 다시 단테와 베아트리체를 에워쌌다.

그러고는 단테에게 이미 성 프란치스코에 대해 이야기한 적이 있는 토마스 아퀴나스가 솔로몬에 대한 단테의 궁금증을 풀어주는 말을 했다.

"첫 번째 인간이었던 아담과 그리스도께 하느님으로부터 인간의 본성에 주어질 수 있는 최고의 지혜가 부여되었음을 아십시오. 솔로몬의 지혜가 그와 같지 못하다 하는 말을 이해할 수 없었을 것이나, 이젠 알 수 있을 것입니다. 죽을 수 있는 것이나 죽지 않을 창조물까지도 성부와 성령으로부터 갈라짐 없이 생겨난 성스런 말씀의 빛이 거울에 비친 반사된 빛의 의미 이상일 수 없기 때문이지요. 즉, 이들은 모두 9품 천사들 위에 자신의 빛을 집중시키도록 하느님께서 이루어 놓으신 선의 이데아가 반사된 것에 불과하지요."

토마스 아퀴나스는 영적인 세계와 인간의 영혼에 대해 설명하고는 다시 물질의 생성원리에 대해 이야기하면서 하느님의 위대한 능력을 이해시켰다.

"만일 물질이 좀 더 안정된 곳에 있었다거나 또 하늘이 그 덕으로 움직였다면 이데아의 빛이 온갖 사물들에게 좀 더 뚜렷이 비칠 수 있었을 것입니다. 자연이 그 빛을 흐리게 함은 마치 제 재주에 통달한 예술가라도 손이 부들부들 떨려 작품에 항상 성공하지 못하는 것과 같습니다. 그러나 창조주께서 지으신 것 가운데 완전한 것이 있을 수 있는데, 그 예가 바로 동정녀 마리아이십니다. 이런 점에서 인간의 본성은 저 두 가지 인격,

즉 아담과 그리스도의 인격을 닮았는데, 비록 그렇다 하더라도 그처럼 완전한 본성을 지닌 자는 있을 수 없는 것이지요."

이처럼 솔로몬의 지혜가 뜻하는 의미를 본질적인 차원에서부터 근거를 해명해준 토마스 아퀴나스는 단테에게 성급한 판단보다 지혜롭게 판단할 수 있도록 깨우쳐주려고 했다.

성급한 판단은 자주 오류에 빠지게 되고 또 자신의 사랑에 오류를 범한 것조차 알아채지 못하게 방해하기 때문에, 별생각 없이 오류를 수긍하는 것은 바보짓이나 마찬가지라는 것이었다.

또한 진리를 구하지만 찾을 재주가 없는 사람은 결국 아무것도 못 하게 되므로 분별없는 철학자나 이단자의 신세와 마찬가지라는 것이었다.

성 토마스 아퀴나스는 단테에게 판단에 있어 너무나 자신을 가져서는 안 되며, 인간의 지혜를 과신해서도 안 된다는 점을 깨우쳐주었다.

축복받은 영혼들

단테는 태양천의 빛들과 이야기를 하고 나서 잠시 동안 아름다운 하늘을 올려다보았다. 그러자 마침 밝아오는 지평선처럼 거기 있던 빛들 위에 또 하나의 빛이 똑같은 밝기로 주위에 생겨났다. 그 빛이 환하게 비추자 새로운 실체들이 새롭게 보이기 시작했다.

"오, 성령의 불꽃이여!"

단테는 새로운 빛을 보면서 압도당한 듯 외쳤다. 그는 곁에 있는 베아트리체의 미소를 보고 다시 힘을 얻어 하늘을 우러러보고는 그제야 자신이 보다 높은 다섯 째 하늘 화성천에 와 있음을 깨달았다.

그는 정성을 다해서 새로운 은총에 합당한 기도로 번제(구약시대의 제사)를 하느님께 올렸다.

그러는 가운데 빛들은 점점 모여서 하늘에 커더란

십자가 모양을 이루었다.

그 빛들도 서로 위에서 아래로, 혹은 아래에서 위로, 아니면 오른쪽에서 왼쪽으로 또는 왼쪽에서 오른쪽으로 움직이는 것처럼 보여 그 중심에서 부딪친 빛이 번쩍번쩍 빛나는 모습이 비쳐 왔다.

그리고 그 빛들은 하느님을 한마음으로 찬미하는데, 단테는 그 감미로운 가락에 마음을 빼앗겨버렸다.

그때 고요한 밤하늘에 떨어지는 별이 흘러가며 제자리를 바꾸는 것처럼 한 영혼이 십자가 발치로 내려왔다. 그 영혼은 단테의 고조부인 카치아귀다였다.

"오, 나의 혈족, 아 하느님의 충만하신 은총이여, 그대에게처럼 하늘의 문이 두 번씩이나 열렸던 적이 있었던가?"

그 빛이 그렇게 말하자 단테는 노라고 당황하여 베아트리체를 쳐다보았다. 그녀는 오로지 미소를 지을 뿐이었다. 그 빛이 다시 입을 열었다.

"오, 삼위일체이신 하느님, 우리 자손에게 이다지도 큰 은혜를 베풀어주셨으니 진심으로 감사드리옵니다. 너는 영원하신 하느님에게서 이끌어져 나온 이 기쁨과 소망을 내게서 듣게 되었음을 감사하라. 그것은 너에게 날개를 입혀 이 높은 곳으로 끌어올린 그 여인의 덕분이기 때문이다. 네가 믿는 것이 진심임을 여기 사는 모든 이들이 이는 것도 네가 생각하기도 전에 네 생각이 드러나는 거울을 보기 때문이다."

"하느님께서 그대들에게 나타나셨을 때 당신들의 사랑의 마음과 지혜의 움직임은 같게 되었을 것입니다. 그러나 살아 있는 인간은 당신이 아시는 것처럼 의지와 생각이 서로 달라 균형을 이루지 못하고 있습니다. 때문에 살아 있는 인간인 이 몸 역시 불균형 속에 있어 어버이다운 당신의 환대를 마음으로가 아니면 환대할 길이 없습니다. 그러나 부디 당신의 이름을 알려주시지 않겠습니까?"

단테의 물음에 조상인 그 빛이 다시 말했다.

"오, 나의 잎사귀여, 난 너를 기다리는 것만으로도 즐거웠노라. 나는 너의 뿌리가 아니었더냐! 나는 너의 선조로, 알리기에리는 나의 아들이면서 너의 증조부였단다. 알리기에리는 연옥의 교만의 언덕길에서 100년 이상이나 고행을 하고 있으니, 너의 기도로 그의 피로를 풀어주어야 할 것이다. 내가 태어난 피렌체는 옛 성벽에 둘러싸인 조용하고 평화로운 곳이었다. 화려하게 차려입은 여자들은 한 사람도 없었고, 모두 허술한 신을 신고 열심히 일했단다. 명문가의 귀부인들까지도 부지

런히 실을 뽑고 손수 짠 천으로 옷을 만들어 입고 외출할 정도였으니 알 만하지 않은가. 그처럼 검소해도 마을 사람들은 서로 의가 좋았고, 즐거운 고장이었지. 나는 그런 좋은 시절에 태어나 세례를 받고 그리스도교 신자가 되면서 카치아귀다가 되었던 것이다.

나는 그 후 황제 콘라드 3세의 시중을 들다가 기사가 되어 총애를 받았다. 그러는 중에 마호메트교 사람들이 쳐들어와서 이를 막기 위해 출전하였지. 우리는 최후까지 싸웠으며 그래서 '십자군의 기사'라고 불리게 되었고, 결국은 순교자의 영예를 안고 이 화성천에 인도되어 온 것이다."

단테는 고조부 카치아귀다의 이야기를 듣고 제 가문이 그토록 고귀한 혈통을 지니고 있었음에 새삼 놀라고 감탄했다.

지상의 인간들은 진정한 선이 무엇인지 모르기에 신앙의 발자취와 그 혈통이 얼마나 고귀한 것인지 알 바 아닐 것이나, 참사랑이 존재하는 천상에서 영원히 기릴 만한 혈통을 제 가문에서 찾아보게 되었음은 진정으로 아름다운 일이었기 때문이다.

"당신께서는 제게 말할 수 있는 용기를 주시고 실상 저를 높여주셨습니다. 그럼 당신께서 생활하신 추억과 우리의 옛 조상은 누구였는지, 그 당시 우리의 고향 피렌체는 얼마나 컸으며, 또 어떤 가문들이 유명했는지 말씀해주시렵니까?"

그러자 카치아귀다의 영혼은 더욱 찬란해지며 은은하고 부드러운 목소리로 자기는 1091년에 태어났다고 대답했다.

또 이어서 두 번째 물음에 대답하기를 자기와 자기 조상들은 피렌체에 있는 성 피에로의 제 6구역에서 태어났는데 이런 사실은 그냥 알고 있는 것만으로도 충분하다고 대답했다.

세 번째 물음에 대해서는 그가 살았을 당시의 피렌체 주민은 지금의 5분이 1 정도 되는 적은 숫자였으나 모두 순박한 사람들이라고 했다.

그러나 점차 다른 곳에서 이주해 오는 사람이 많아지면서 피렌체는 부패해갔고, 교권과 세속권이 분쟁을 일으키면서 결국 분열되었다는 것이었다. 그러면서 그는 도시가 이처럼 혼돈을 거듭하고 주민들의 구성이 혼잡해짐에 따라 불행의 씨앗이 생긴 것이며, 이와 더불어 이방인들의 세력이 강대해진 것이라고 개탄했다.

그는 또 단테의 네 번째 질문인 훌륭한 가문에 대해서는 그 운명이 기구하다고 대답했다.

"인간의 일이란 언제나 종말이 있는 법이어서 혈통이 끊어진다 해도 놀랄 만한 일은 아니다. 인간의 필연적인 종말은 인생행로 어딘가에 도사리고 있는 것으로 사람들이 그것을 인식하고 있지 못할 뿐이다. 그러므로 달과 하늘의 운행이 끊임없이 해안에 조수를 일으키는 것처럼 피렌체의 운명도 기구한 것이었다."

그는 이렇게 말하면서 대표적인 예를 몇 가지 들었다.

피렌체는 한때 명성이 세상에 자자했으나 지금은 멸망한 훌륭한 가문들이 많았다며 그들이 멸망한 이유를 밝혀주었는데, 가장 큰 원인이 이방인들과 섞여 살았기 때문이라고 했다. 대표적인 예로 부온델몬티 가문의 사건을 자세히 설명하면서 피렌체가 분열의 구렁텅이에 빠져 들어간 과정을 설명해주었다. 즉, 부온델몬티가 딸을 정략 결혼시키려다 만 대가로 아마데이에게 살해된 이후 복수주의의 악순환이 계속되어 피렌체의 평화는 종말을 고하게 되었다. 이후, 기벨리니 당이 추방되고 겔프 당이 들어서면서 피렌체는 유사 이래 처음으로 적에게 패하고 분열의 소용돌이 속에서 허덕이는 비참한 지경에 처하게 되었다는 것이다.

베아트리체는 단테가 감미로운 추억과 현실의 뿌리를 더듬어 캐려고 노력하는 모습을 만족스럽게 바라보면서 격려했다.

"마음에 생각나는 것이 있으면 서슴지 말고 어서 물어보세요. 결국은 그것이 당신 자신을 위한 일일 테니까요."

이에 힘을 얻은 단테가 미래의 운명을 물었다.

"나의 선조시여, 나는 베르길리우스에게 인도되어 지옥과 연옥을 순례하면서 어느 정도 인간의 운명과 세상 돌아가는 이치를 깨달았으나 내가 나의 운명을 어떻게 받아들여야 하는지는 잘 모르겠으니 말씀해주시겠습니까?"

그러자 카치아귀다는 단테에게 우연과 필연에 대한 운명의 문제를 하느님의 섭리로부터 파악하도록 포괄적인 설명을 해주면서 단테의 운명을 사실적으로 예견했다.

"그대는 교황 보니파키우스 8세를 감싸고 있는 부패한 성직자들에 의해 피렌체에서 추방당할 것이다. 그대가 방황하는 동안 괴로운 삶을 피할 수 없을 것이며, 슬픔과 비애를 맛볼 것이다. 그때 베로나의 영주 스칼라가 그대를 맞아들일 것인즉, 거기서 화성천의 정기를 타고난 훌륭한 일을 하게 될 칸그란데 델라 스칼라를 만나게 될 것이다. 그는 많은 사람에게 덕을 베푸는 자이니 그에게서 은덕을 구하라. 그러나 너에게 악을 행한 자들을 미워하지 말지니, 그것은 너의 생애가 저들이 받아야 할 대가보다 더 먼 미래로 향하고 있음이다."

단테는 그의 예언에 깊은 동감을 하면서 자신에게 새로운 충고가 필요함을 느껴 다시 물었다.

"존경하는 선조여, 내 운명이 피렌체에서 추방당하는 것이면 이를 흔쾌히 받아들이는 것은 물론, 이를 아름다운 시(詩)로 엮어 위안을 얻고자 합니다. 내가 이처럼 지옥의 골짜기를 지나고 연옥의 보속하는 고행을 보면서 또 이처럼 천국의 빛 속을 순례하는 가운데 듣고 본 바를 그대로 노래한다면, 진리 앞에 겁내는 사람들의 역한 맛을 걱정하지 않을 수 없지 않겠습니까?"

그러자 카치아귀다는 햇살을 받은 거울처럼 찬란한 섬광을 발하면서 대답했다.

"그대의 시를 읽으면서 양심의 거리낌이 있는 사람은 싫어할 테지. 그러나 그대는 결코 거짓 없이 자네가 보거나 들은 대로 떳떳이 노래해야 하네. 그 말이 처음에는 쓰릴지 모르나 차츰 새겨지면서 생명을 주는 영양분이 될 것이기 때문이지. 그대의 시로 엮이는 사람들도 명성이 자자했던 영혼들이 아니겠는가."

단테는 착잡함과 달콤한 느낌 속에서 다시 베아트리체를 바라보았다.

정의의 독수리

단테는 이제 그가 해야 할 일이 무엇인지 알고 싶어 베아트리체를 향해 몸을 돌렸다. 그런데 그녀는 놀라울 정도로 찬란한 빛을 맑게 발하고 있었다. 그는 그 아름다움에 도취되었다. 이때 단테는 인간이 선을 행하면 날마다 덕성이 쌓임을 느끼듯 하늘의 신비스러움이 더해 가는 기쁨을 느꼈다.

그 무렵 단테는 부끄러움을 느껴 빨갛게 물들었던 여인의 얼굴이 본래의 얼굴빛으로 돌아가듯이 넓은 하늘의 빛이 달라진 것을 깨달았다. 그것은 단테가 이내 화성천에서 목성천으로 들어와 있기 때문이었다.

그곳에서 새롭게 빛나는 별들을 자세히 쳐다본 단테는 거기 모여 있는 별이 모두 흰빛을 발하고 있으면서 알파벳의 글자 모양을 나타내고 있음을 알았다.

마치 물가에서 여러 가지 형상으로 무리지어 날듯이 그 영혼들도 노래하며 나는데, 라틴어 머리글자들을 만들었던 것이다.

'정의를 사랑하라.'라는 글자가 하늘에 수놓이더니 잠시 후에는 '땅을 심판하시는 자여.'라는 글자가 선명하게 나타났다.

그리고 그들은 마지막 글자 끝의 알파벳 자음인 M의 형태가 그대로 유지되게 머물며 마치 목성이 황금 글씨로 새겨진 은성작(은으로 만든 미사 제구)처럼 보이게 했다.

이때 M의 형상 위로 새로운 빛들이 내려와 만든 머리의 형상은 마치 독수리의 모습과 닮았다. 이 영혼들도 모두 신의 찬가를 부르면서 독수리의 모양을 이룬 것이다. 단테는 독수리의 형상이 상징하는 것을 보면서 화성이 지상에 전투적인 정신을 불어넣어주듯이, 목성은 지상에 정의의 정신을 불어넣어준다는 사실을 확신하게 되었다.

이와 같은 확신 속에서 숭고해진 단테의 영혼은 인간의 정신과 능력의 근원이 되는 하느님의 정의를 흐리게 하는 자에 벌을 주도록 정의의 독수리에게 기도하면서, 하느님의 선과 축복을 이 세상에서 그릇되게 사용하거나 이용하는 썩어버린 교회의 지체들과 타락한 성직자들이 하느님의 무서운 벌을 받게 될 것임을 토로하였다. 그리고 이 엄청난 죄악들이 하느님의 정의에 미치지 못하도록 염원하는 기도를 드렸다.

이때 하느님의 축복을 받은 영혼들이 만든 독수리 형상이 보석처럼 반짝이며 그 나래를 펴보였다. 그 모습은 형언할 수 없는 아름다움이었다. 수없이 많은 영혼으로 구성된 독수리의 형상은 마치 하나의 인격처럼 그들 모두의 어우러진 생각을 하나로 나타내고 있었던 것이다.

"우리들은 하느님의 정의를 사랑하고 이를 굳건히 지키면서 신앙을 지녀 왔습니다. 그 공으로 우리가 지금 이곳에 있는 것이지요."

그들이 단테 가까이 와서 말했다.

"하느님은 우주를 창조하실 때 인간이 깨우칠 수 있는 것과 그렇지 못한 것을 함께 마련해놓으셨습니다. 그것도 창조된 세계 안에 그분의 생각과 힘이 우월하게 나타나지 않도록 배려하신 것이지요. 그래서 루키페르는 피조물 가운데 가장 높은 지위에 있었으나 그분의 생각을 완전히 알 수 있는 특별한 표징을 가지지 못했고, 그것을 깨우치는 하느님의 은총을 기다리지 못하고

조급하게 오만한 마음에 젖어들었기에 하늘로부터 추방된 것입니다. 그러니 그보다 못한 다른 피조물들이야 하느님의 선을 이해 못 할 수밖에 없지 않겠습니까?"

인간의 지성도 하느님의 마음 한 부분에 지니지 않으니, 하느님의 마음을 능가할 만한 힘을 지니고 있지 못합니다. 따라서 인간의 지성이 하느님의 정의 속을 투시할 수 없음은 당연한 것이지요. 이는 곧 인간의 눈이 바다의 심연을 투시할 수 없는 것과 마찬가지랍니다. 만약 인간의 지성이 빛을 받아 하느님의 정의를 이해하고 따르고자 한다면 마땅히 하느님의 계시를 따라야 합니다. 하느님의 계시를 벗어나면 무지와 환영(幻影) 그리고 감성만 있을 뿐이지요."

단테는 하느님의 정의로 빛나는 영혼들의 고백을 듣고 감동했다. 또한 하느님의 정의를 확실히 알 수 없었지만 아직도 의문을 갖지 않을 수 없었던 이유를 깨닫게 되었다. 하느님의 정의가 그토록 빈틈없다면 신앙을 모르는 가운데 선행을 한 영혼들이 왜 벌을 받아야 하느냐는 점이었다.

그러자 정의의 독수리가 또다시 입을 열어 하느님의 정의를 장엄하게 설명해주었다. 또한 하나님이 말하시는 빛을 모르는 듯이 어둠 속에서 지루한 생활을 하는 자가 많음을 낱낱이 예를 들어 설명해주면서 인간은 신의 섭리를 반사사키는 거울이라고 말했다.

"하지만 만약 훌륭한 거울이라면 완전히 하느님의 정의를 그대로 반사시킬 수 있으나, 허울 좋은 거울에 지나지 않는다면 본래의 모양마저 왜곡시켜버리고 말지 않겠는가?"

독수리는 이렇게 반문하면서 참된 신앙에 의해서만 완전한 거울이 될 수 있다고 강조했다.

온 인류와 그 지도자들을 표상하는 독수리가 말을 그치자 축복받은 영혼들은 더욱 빛나면서 성령의 뜻이 담긴 노래를 부르는데 단테로서는 기억조차 하기 어려운 노래였다. 단테가 넋을 잃고 그 노래를 듣고 있으려니까 다시 독수리의 부리가 움직이며 말했다.

"우리를 잘 좀 보세요. 이 독수리와 같은 형상의 빛 속에서도 한가운데 눈이 되어 빛나고 있는 영혼이, 가장 고귀한 분으로 하느님의 계약의 궤를 운반하시고, 성령을 노래하신 다윗 성왕(聖王)입니다. 그리고 입부리 부분에 가장 가까이 있는 빛은 자식을 잃은 과부를 위로해주었던 트라야누스 황제입니다. 또한 죽음이 눈앞에 왔을 때 진심으로 회개해 그 때문에 15년이나 더 살았던 히시기야 왕, 교황에게 자리를 양보하고 희랍으로 자리를 옮겼던 콘스탄티누스 황제, 평화를 사랑하고 정의를 존중했던 시칠리아의 굴리엘모 왕, 정의를 앞세우며 나라를 지킨 트로이 전쟁의 영웅 리페우스 등이 있습니다."

"어찌하여 이들이 천국에 올 수 있었단 말인가?"

단테는 고개를 갸우뚱거렸다. 그러자 그 영혼들이 다시 기뻐하는 목소리로 말했다.

"당신이 이상하게 생각하는 트라야누스 황제나 리페우스 모두 그리스도 탄생 이전의 사람인 것이 사실이나 믿음과 소망 그리고 사랑을 가지고 그리스도가 오심을 고대하듯 의로움을 드러낸 사람들은 이교도로서가 아니라 그리스도인으로서 구원받은 것입니다. 천국은 인간의 열렬한 사랑과 소망에 양보하는 수가 있지만, 그것은 신의 의지가 그분의 덕성에 양보한 경우를 뜻하는 것이랍니다. 축복받은 영혼들이 볼 수 있는 하느님은 인간의 눈에 완전히 보이는 것이 아니니, 영혼들을 판단하는 데 부주의함이 없도록 각별히 주의해야 한답니다."

독수리가 이렇게 설명하는 동안 노래 잘하는 자에게 더욱 감미로운 연주가 필요하듯, 트라야누스와 리페우스의 영혼들은 더욱 찬란한 빛을 발하고 있었다.

야곱의 사다리

단테는 이윽고 베아트리체에게 인도되어 일곱 번째 하늘인 토성천에 이르렀다. 베아트리체는 더욱 빛나고 있었으며 휘황찬란하여 바라볼 수 없을 정도였다. 그녀는 방긋이 웃던 미소를 감추고 단테에게 말했다.

"내가 웃었더라면 마치 제우스에게 청하여 그 위엄의 빛을 보려다 그만 한순간에 재가 되어버린 세멜레처럼 되었을 것입니다. 나의 아름다움은 그대가 보았듯이 영원한 궁전의 층계를 오르면 오를수록 더더욱 불타오르게 되고, 행여나 적당히 조절되지 않으면 너무나 빛나 그 현란함에 그만 살아 있는 그대의 힘이 번갯불을 맞은 잎사귀처럼 될 것입니다. 이제 이곳 일곱 번째 빛에 이끌려 왔으니 그대의 마음을 가다듬고 나타나는 형상을 잘 살펴보도록 하십시오."

단테가 기쁨에 벅차서 눈을 들어보니 하늘에 영롱한 무지개처럼 아름다운 사다리가 걸려 있고 수많은 천사가 빛나는 형상으로 그 사다리를 오르내리고 있었다. 그 모습은 마치 하늘에 보이는 온갖 빛이 거기서 쏟아져 나오는 것 같았다.

사다리를 내려온 빛 중 하나가 단테의 곁으로 다가와 찬란한 광채를 발했다. 단테는 베아트리체를 쳐다본 뒤 그를 향하여 말했다.

"그대의 기쁨을 그대 자신 속에 숨겨놓고 계신 축복받은 영혼이여, 어인 일로 내게 이토록 가까이 오셨는지, 다른 곳에선 그토록 장엄하게 울리던 천국의 아름다운 교향곡이 여기에서는 왜 이토록 잠잠한지 알려주시겠습니까?"

"그것은 그대의 눈이 그러하듯 그대의 귀도 살아 있는 청각을 지니고 있기 때문입니다. 여기에서 노랫소리를 못 듣게 되는 것은 베아트리체의 미소를 보지 못하게 되는 것과 같은 것이지요. 나는 그대를 말씀을 가지고 성스런 층계를 따라 아래로 내려온 것이랍니다. 나는 당신의 고향에서 그리 멀지 않은 곳, 즉 중부 아펜니노 산맥의 제일 높은 봉우리 카트리아 산기슭의 수도원에 있었던 피에르 다미아노입니다. 그곳에서 나는 올리브즙으로만 된 음식을 먹으며 추위와 더위에 아랑곳하지 않고 명상적인 사색에만 온 힘을 다했습니다. 이러한 명상의 생활은 그토록 견디기 힘든 인내 속에서만 가능한 것이었지요."

이 소리를 들으며 보다 많은 불꽃이 층층이 내려오고 또한 빙빙 도는 것이 보였는데, 이들은 빙글빙글 돌면서 더 아름다워졌다. 이들은 그들 곁으로 와서 멈추더니 큰 소리를 질렀는데 마치 우레 소리와도 같았다.

단테가 깜짝 놀라 베아트리체를 바라보자 그녀가 안심시키며 말했다.

"그대가 하늘나라에 있다는 것을 잊으셨습니까? 하늘나라는 온전히 성스러우며, 여기서 이루어지는 것은 모두 좋은 열정에서 이루어지는 것임을. 그 함성 소리가 그토록 그대를 놀라게 하였으니 이제 짐작할 수 있을 것입니다. 그러니 그대의 눈을 돌려 훌륭한 영혼들을 뵙도록 하십시오."

그녀의 말에 따라 시선을 돌리자 수백 개도 넘는 작고 고귀한 빛들이 서로 어우러져 있는 것이 보였는데, 그들은 서로가 서로를 비추어 아름다움을 더하였다 그 중에서 가장 찬란하게 빛을 내는 영혼이 단테 앞으로 와서 말하였다.

"나는 카시노산에 있는 베네딕토 수도회를 창립하여 갈팡질팡하는 자들에게 그리스도교를 전하며 이교에 물든 영혼들을 구해냈답니다. 여기 있는 다른 영혼들도 모두 성스러운 꽃들과 열매들을 낳게 하는 저 뜨거운 열기로 불타오르듯 명상을 하던 자들이었습니다. 이분이 마카리우스이고, 여기에 로무알두스가 있으며 수도원 안에서 굳은 마음을 끝까지 지켰던 그의 형제들이 여기 함께 있다."

단테는 성 배네딕토와 다른 모든 영혼의 찬란한 빛에 용기를 얻어 인간 본연의 모습을 볼 수 있게 해 달라고 청했다. 그러자 그는 그와 같은 단테의 소망이 무르익으며 온전해지는 정화촌에서나 이루어질 수 있다고 대답했다.

"하느님은 야곱의 꿈에 나타나 천사가 많이 있는 하늘까지 닿는 사다리를 보여주셨습니다. 나는 이와 같은 하느님의 뜻을 인간들에게 밝히기 위해 무척 애를 썼다. 그러나 지금은 그 사다리에 오르기 위해 발을 올려놓는 사람들이 점점 줄어들고 있다. 그러므로 내가 힘들여 썼던 책은 낡은 종잇조각이 되어버리고 말았다. 성 베드로께서는 금도 은도 없이 교회를 반석 위에 올려놓으셨고, 나는 기도와 단식을 하며, 성 프란치스코는 거지와 같은 청빈한 생활을 하며 수도원을 만들어놓았건만 지금은 수도생활마저 타락하고 있지 않은가?"

성 베네딕토는 단테에게 이야기를 한 후 동료들이 있는 곳으로 돌아갔는데, 그들은 다시 한 무리가 되어 회오리바람처럼 위로 휘감겨 올라갔다.

그때 베아트리체가 단테에게 눈짓을 하며 그를 사다리 위로 밀어 올렸다.

인간의 본성을 초월하는 그녀의 힘은 그를 순식간에 빨려 올라가게 했다.

그는 단테에게 주의를 환기시키며 당부했다.

"그대 마지막 구원의 길에 가깝게 이르렀으니, 한눈팔지 말고 예리한 눈빛을 가지도록 하십시오. 그러므로 그곳에 이르기 전에 아래를 살펴봄이 좋을 것입니다. 그러면 그대의 발밑에 어떤 세계가 펼쳐져 있는지 볼 수 있을 것입니다."

단테 역시 마치 날개가 돋친 천사와 같은 속도로 사다리 위로 올라가면서 아래를 내려다보았다. 그 하늘에는 일곱 개의 둥근 테두리가 손에 닿을 듯이 아름답게 보였으며, 그 아래에는 하나의 덩어리인 지구가 더럽혀져 빛도 없이 움직이고 있었다.

구원의 열매

여덟째 하늘, 항성천에 먼저 도착한 베아트리체는 마치 새끼 새들이 있는 보금자리에서 밤을 샌 어미 새가 그들에게 먹이를 구해다 주기 위해 이른 새벽에 일어나 떠오르는 해님을 기다리듯 머리를 들고 주의 깊게 하늘을 응시하고 있었다.

단테는 그녀의 그 같은 자세에 의아심을 품으며 쳐다보았다. 잠시 후 하늘이 사뭇 밝아오면서 외치는 소리가 들렸다.

"자, 보십시오. 그리스도의 개선의 무리와 하늘나라의 움직임에서 거두어진 모든 열매를!"

단테가 그녀를 따라 하늘을 쳐다보니, 헤아릴 수 없이 많은 별 가운데에 태양처럼 눈부신 광채가 있었다. 그리고 번쩍이는 섬광이 그 빛을 통해 단테의 얼굴에 투영

되었는데, 그는 그 힘을 감당할 수가 없었다. 그 빛은 그리스도의 현란한 모습이 투명하게 비치는 것이었다. 베아트리체는 단테에게 그리스도의 시선을 감당할 수 있게 만드는 것은 오직 하느님의 힘뿐이라 인간의 눈으로는 감당할 수 없다고 설명해주었다. 또한 그 태양 속에는 인간에게 천국의 길을 열어주시는 지혜이자 힘이신 그리스도께서 현존하시기 때문에 더없이 빛나고, 그분에 대한 그토록 오랜 열망이 모인다는 것이었다.

"눈을 뜨고 나를 쳐다보세요. 이제 내 미소의 빛에도 익숙해졌을 겁니다."

베아트리체가 말하자 단테는 마치 사라져버린 환상의 그림자를 다시 깨우치기 위하여 기를 쓰듯이 그녀의 모습을 다시 눈이 빠지게 쳐다보았다.

"그대는 어째서 그리스도의 광채 아래 꽃피는 아름다운 영혼들에게 시선을 돌리지 않고 내 얼굴을 쳐다보고 있나요? 어째서 성모 마리아의 빛이신 장미와 하느님의 말씀을 전하며 향기를 발하는 백합이 안 보이나요?"

단테는 구름 틈새로 쏟아져 나오는 햇살이 비치는 들녘을 본 것처럼 섬광의 근원인 그리스도의 모습을 볼 수 없으면서도 사도들의 빛이 그토록 찬연히 빛남을 바라보았다. 이때 그리스도께서 단테의 시력을 회복시키기 위해 정화천으로 오르셨다.

단테는 동정녀이신 성모 마리아를 바라보았는데, 그녀는 다른 영혼들보다 유난히 찬란한 빛을 발하고 있었다. 이때 가브리엘 대천사가 성모님을 찬양하는 노래를 부르며 그분의 둘레를 돌았다.

나는 천사의 사랑과 드높은 즐거움으로
어마님의 주위를 돕니다
하늘의 여왕이신 당신이 여기를 떠나
아드님을 따라가실 때까지 계속하렵니다
그분은 이미
정화천에 오르셨나이다

선회하던 선율이 노래를 끝내자 다른 모든 빛도 마리아의 이름이 울려 퍼지게 했다. 모든 축복받은 영혼들이 마리아의 이름을 드높이 반복하며 합창으로 응답했던 것이다. 이어서 성모 마리아는 가브리엘 대천사와 함께 아드님을 따라 정화천으로 올랐다. 그러나 단테는 머리 떨어져 있었기 때문에 그분들의 승천을 끝까지 바라볼 수 없었다.

베아트리체는 승리한 영혼들을 위한 영원한 축복의 잔칫상에 둘러앉은 지복자(至福者)들에게 단테를 소개하면서, 그들이 하느님의 지혜의 샘에서 마시는 생명수를 몇 방울이라도 맛보게 해 달라고 청했다.

그러자 이 거룩한 영혼들은 베아트리체와 단테의 주위를 맴돌면서 혜성과 같은 모습을 나타냈다. 이들은 각각 다른 속력으로 움직였는데, 그 가운데서 더욱 찬란하게 빛나는 영혼이 나와 베아트리체의 주위를 세 번 돌면서 너무나도 고귀한 노래를 불러주었다. 그 빛나는 영혼은 다름 아닌 성 베드로 사도였다.

베아트리체는 공손히 그를 맞이하면서 정중히 그 빛을 향해 말했다.

"오, 위대한 인간의 영원한 빛이신 분이여, 우리의 주님께서 천국의 열쇠를 맡기셨던 자여, 당신으로 하여금 바다 위를 걸을 수 있게 그 신앙에 대해 이자에게 물으며 시험해주십시오. 그가 옳게 바라며 믿고 있는 것인지 당신은 아실 테니 말입니다. 그것도 이 하느님의 왕국이 진정한 신앙을 통해 선택된 시민들로 이루어졌기에 그 믿음에 하느님의 영광을 돌릴 수 있도록 하는 데 유익할 것입니다."

그러자 그 빛이 단테의 이마를 높이 쳐들게 하면서

물었다.

"말해보라! 훌륭한 그리스도인이여, 신앙이란 도대체 무엇인가?"

"당신의 사랑하는 형제 사도 바오로의 바른 붓이 적었듯이 믿음이란 바라는 것들의 실체이며, 볼 수 없는 것들의 확증이니, 이것이 그 본질인 것으로 생각합니다."

"그렇다면 사도 바오로는 이것을 왜 실체와 확증으로 풀이했는지 그 이유를 아는가?"

"하늘에서 그에게 나타나는 의미심장한 신비들은, 지상에는 숨겨져 있기 때문에 신앙을 통해서만 받아들일 수 있습니다. 그러기에 믿음은 곧 그들의 받침대이며 본질적인 것이지요. 그리고 우리는 다른 어떤 관찰력 없이, 이 믿음으로부터 추론하고 직관하여야 하는 것이므로 신앙은 그 자체가 확증으로, 즉 증명의 성격을 지니고 있는 것입니다."

"그대는 그대의 신앙을 잘 간직하고 있는가?"

"네, 제게 주어진 그 모습에 의심이 없을 정도로 순수하고 온건한 신앙을 가지고 있습니다."

"그 신앙은 어디서 유래하는가?"

"그것은 구약과 신약에 잘 나타나 있는 성령으로부

터 나오는 것입니다."

성 베드로는 이와 같은 신앙의 문답을 통해 단테의 대답에 수긍하고 나서 마지막으로 그에게, 그의 믿음이 어떤 것이며, 또 무슨 이유 때문에 그걸 믿느냐고 물었다. 단테는 그가 오직 한 분이시며 영원하신 삼위일체 신비의 하느님을 믿는 것이라고 대답하고는, 계속해서 하느님은 결코 변하심이 없이 온 하늘을 사랑으로 움직이시고 신앙의 물리적 혹은 형이상학적인 증명을 믿는 것이 아니라 신약과 구약의 심오한 진리를 믿는다고 그의 참 신앙을 서슴없이 고백했다.

그러자 사도 성 베드로의 불빛은 새 소식을 전한 하인을 대견해하며 와락 껴안듯 세 차례에 걸쳐 단테를 감싸며 노래 부르고 축복했다.

사도 성 베드로와의 대화가 끝나자 베아트리체는 단테를 사도 야고보에게 인도하여 소망에 대한 대화를 마련해주었다. 그리고 이어서 사도 요한과 사랑에 관한 대화를 나누게 했는데, 단테는 특히 그와 더불어 영혼과 육신의 분리에 대한 깊은 대화를 나누었다.

사도 요한 역시 최종적으로 하느님을 사랑하게 만드는 것이 무엇이냐고 단테에게 물었다.

"세계의 존재와 나의 존재를 살리기 위해 그분이 겪

으신 죽음, 영원한 축복에 대한 소망 등을 가져오신 선하심에 맞추어 그분을 사랑하게 되는 것입니다."

단테가 이렇게 말하자, 아주 감미로운 노래가 하늘로부터 울려 퍼지면서 베아트리체와 다른 모든 영혼이 함께 큰 소리로 합창했다.

"거룩하시도다, 거룩하시도다, 거룩하시도다!"

이와 더불어 단테의 눈은 더욱 밝아졌는데, 그는 그와 더불어 있는 네 번째 불빛을 보고 깜짝 놀라 베아트리체에게 다시 물었다. 그는 바로 아담이었다.

베아트리체로부터 그 빛 속에 있는 것이 아담의 영혼이라는 말을 들은 단테는 머리를 숙여 경의를 표했는데, 그 모습이 나뭇잎 끝이 바람을 맞아 휘어지는 것과 비슷했다. 그러나 단테는 인류의 원조인 그와 함께 이야기를 나누고 싶은 생각에 얼른 머리를 들고 자신이 알고자 하는 의문을 풀어달라고 청했다.

아담은 단테가 그의 의문점을 밝히지 않았는데도 그의 질문 내용을 벌써 알고 곧장 대답을 해주었다.

"아들아, 내가 자초했던 귀양살이의 참된 원인은 나무열매를 맛보았기 때문이 아니라 오로지 그분의 명을 거역해 뜻에 어긋났기 때문이다 나는 너의 연인 베아트리체가 베르길리우스를 움직였던 그곳 림보에서 태양이 4천 302회 회전하는 동안 이 모임을 갈망하고 있었노라. 그리고 내가 지상에 있던 동안에는 태양이 930번 제 길로 들어오는 것을 보았다. 그리고 내가 사용했던 언어가 송두리째 꺼져버린 것은 니므롯의 족속들이 바벨탑을 짓는 데 정신을 팔기 이전이며, 내가 지상낙원에 있던 시간은 불과 일곱 시간에 지나지 않았노라."

기적

"영광이 성부와 성자와 성령께!"

대영광의 노래가 온 천국에 울려 퍼지자 단테는 그만 그 노래에 취하고 말았다. 이때 베아트리체가 단테를 바라보면서 그를 가장 빨리 회전하는 제9천, 즉 아홉째 하늘인 원동천으로 끌어올렸다.

단테는 베아트리체를 쳐다보다 그녀의 시선을 좇아 아주 예리한 빛을 발하고 있던 한 점을 보았는데, 그 불붙은 강력한 빛 때문에 눈을 감아야만 했다. 그것은 바로 하느님이었던 것이다.

그 점을 가운데에 두고 빙 둘러 하나의 불 테두리가 원동천 자체보다 더 빠른 속력으로 돌고 있었다. 이 테두리는 점점 커지는 여덟 개의 다른 둘레에 의해 감싸여 있었다. 그런데 밖으로 나가는 둘레일수록 점점 더

느린 속력이며 점점 더 밝아지고 있었다.

베아트리체는 단테가 그 찬란한 점과 다른 둘레들이 무엇인지 알고자 하는 것을 일고 있기에 직접 그 점도 하느님이고, 그에 의해 천체세계와 자연세계가 다스려지는 것이며, 그에 가까이 있는 세계일수록 더욱 열렬한 사랑의 충동을 받았으므로 가장 빠르게 움직이는 것이라고 설명해주었다.

단테는 그녀의 설명을 듣는 가운데 천체세계와 자연세계, 즉 초감각적인 세계의 감각세계가 왜 어긋나게 돌고 있는지 모르겠다고 느꼈다.

베아트리체는 그와 같은 단테의 의문에 대해 별로 이상하게 여길 것이 못 된다고 대답해주었다. 아무도 그 문제를 풀려 한 적이 없기 때문이다.

베아트리체가 말을 마치자 아홉 둘레들은 작열하는 쇳덩이처럼 빛나기 시작하더니 수없이 많은 반짝임을 보여주었다. 한편 이때 한 둘레에서 다른 둘레로 〈호산나〉 찬가가 울려 퍼지면서 고정된 점인 하느님을 향한 모든 합창대들의 노랫소리가 들렸다. 그녀는 이 합창하는 무리에 대해 자세한 설명을 해주었다.

세 무리의 합창대로 구분할 수 있는 이 천사들의 첫 번째 합창대는 게루빔과 세라핌 그리고 트로니로 이루어졌는데, 이들 모두 하느님의 면전에서 축복을 누리고 있었다.

두 번째 합창대는 주품천사와 능품천사 그리고 힘의 천사로 구성되고, 세 번째 합창대는 권품천사와 대천사 그리고 안젤리로 구성되었는데, 이 모든 천사의 합창이 모두 하느님을 향하고 있었다.

말을 마친 베아트리체는 찬란한 그 점을 응시하면서 치묵을 지키더니 잠시 후 천사들의 창조에 대한 설명을 다시 시작했다.

"하느님은 당신의 축복을 더하시고 당신의 산을 드러내기 위해 천사들을 시공(時空)을 초월한 영혼 속에 창조하셨습니다. 하느님은 오직 한 점, 당신 자신으로부터 순수한 형상인 천사들과 순수한 물체인 우주를 창조하셨으며, 동시에 그들의 질서를 설정해 놓으신 겁니다. 그분께서는 이에 따라 순수 형상은 엠피오레, 순수 물체는 지상에 두시고 형상과 물체의 본체들도 엠피오레와 지상 사이에 두신 것이지요. 이제 영원하신 그분의 뛰어나심과 너그러움을 보세요. 그 안에 부서져서 그토록 수많은 거울을 만드신 이후에도 전과 다름없이 스스로 하나이시며 완전하신 분을 말입니다."

마리아

새벽의 여명이 조금씩 밝아오자 별들이 하나씩 사라지고 천사들의 아홉 합창대가 찬란한 점에서 벗어나 단테의 시야에서 차츰 꺼져 갔다. 단테는 아무것도 볼 수 없게 되자 사랑을 좇아 베아트리체를 찾았다. 그때 그녀가 단테에게 말했다.

"이제 우리는 가장 큰 물체인 원동천에서 가장 순수한 빛의 하늘 엠피오레로 나왔으니 그것은 사랑이 가득 찬 지성적인 빛이요, 기쁨이 가득 찬 진실하고 선한 사랑이며, 일체의 감미로움을 초월하는 기쁨 그 자체입니다. 그대 여기서 천국의 두 가지 군대, 즉 지복자들과 천사의 무리를 보게 될 것이니, 그 영혼들은 최후의 심판 때 보게 될 바로 그 모습을 하고 있을 것입니다."

단테는 느닷없는 섬광에 눈의 감각이 마비되고 살아

있는 빛이 그를 에워싸 아무것도 느낄 수 없었다.

"하늘을 고요하게 해주시는 사랑이신 하느님은 언제나 새로이 하늘로 오르는 영혼이 이곳의 불꽃에 어울리도록 이러한 환영의 인사로 맞으셨노라."

그러나 이 짤막한 말이 그의 가슴속으로 파고들어오자 단테는 새로운 힘을 느꼈으며, 그의 눈이 금방 초자연적인 힘을 얻어 그 어떠한 섬광도 극복할 수 있게 되었음을 깨달았다. 그리하여 단테는 찬란한 빛의 강물을 보게 되었다. 영혼의 불꽃들이 이로부터 나와 꽃 위에 앉고 심연으로 돌아왔다. 꽃들은 지복의 축복받은 영혼들이 되고, 불꽃들은 안젤리로 변모했다.

"오, 하느님의 빛이시여, 그대를 통해서 진실된 왕국의 드높은 승리를 내가 보았으니, 내게 힘을 주시어 본대로 말하게 하소서."

단테는 기쁨의 환희로 절규했다. 그는 하느님의 모습을 드러내는 무한한 빛이 퍼져 있음을 보았는데, 그것이 원동천 위에 반사되었다. 이어 단테는 그 빛 속에서 축복받은 지복자의 영혼들이 장미꽃 형태를 이루고 있음을 보았다. 장미는 차츰 아래에서 위로 올라갔다.

베아트리체가 단테를 하늘의 장미꽃 한복판으로 안내했다. 장미는 조금씩 오를수록 더 짙은 찬미의 향기를 발하고 있었으며, 단테는 결국 영원무궁한 장미꽃의 노란 부분 속으로 이끌려 들어갔다.

단테는 다시 의문 나는 것을 묻기 위해 베아트리체를 찾았다. 그런데 그녀는 없고 하얀 옷을 입은 자애로운 모습의 한 노인이 나타났다. 단테가 그 노인에게 베아트리체는 어디 있느냐고 묻자 그 노인이 대답했다.

"베아트리체가 그대의 소원을 풀어주라고 나를 움직였다. 그대가 서 있는 그곳 맨 꼭대기 층계로부터 세 번째인 둘레를 바라보면, 그녀의 공덕이 마련해준 옥좌에 앉아 있는 베아트리체를 다시 볼 수 있을 것이다."

이 거룩한 노인은 단테에게 마지막 순례를 잘 마칠 수 있도록 눈을 저 순백의 장미에게로 향하라고 깨우쳐주었다. 그렇게 해야만 하느님의 빛에 더욱 가까워질 수 있는 직관을 얻을 수 있다고 말하면서, 자신은 천상의 모후인 성모 마리아의 충직한 하인 '성 베르나르'라고 밝혔다.

그 이름을 들은 단테는 경애와 경이감에 사로잡혔다. 성 베르나르는 단테에게 장미꽃과 저 높은 곳에 계시는 성모님을 우러러보라고 전했다. 이에 단테는 장미 첨단에 찬란히 빛나고 있는 그녀를 보게 되었다.

성 베르나르는 하얀 장미 속의 복 받은 영혼들이 어

떻게 자라잡고 있는지 설명해주었다. 성모님의 발치엔 원죄의 원인이 된 이브가 있고, 이브 밑에 있는 셋째 둘레에 라헬과 베아트리체가 있었으며, 그 아래 사라, 리프카, 유딧 그리고 다윗의 증조모인 룻이 있으며, 일곱째 층계 아래에 헤브라이 어린이들이 있었다.

노인은 다시 단테에게 마리아의 얼굴을 바라보라고 했다. 단테는 동정녀 마리아의 머리 위에 크나큰 기쁨이 내려오는 것을 보게 되었다. 그 문 앞에는 날개를 활짝 펼친 채 '은총이 가득하신 마리아여, 기뻐하소서.'라고 노래를 부르고 있는 가브리엘 대천사가 있었다.

성 베르나르는 단테에게 천상의 그 장미꽃 속에 있는 지복자들에 대해서도 설명해주었다. 성모님 왼편에는 아담, 오른편에는 사도 베드로, 베드로 곁에는 사도 요한, 아담 곁에는 모세가 있었다.

성 베르나르는 이제 주어진 시간이 끝나려 하니 지복자들에 대해 말하는 것을 멈추고 하느님의 빛 안에 용납될 수 있도록 두 눈을 들어 하느님을 보라고 전했다.

"저 원초의 사랑으로 눈을 곧바로 돌려라. 그리하여 그를 바라보면서 그대가 가능한 한 그의 빛살을 꿰뚫을 수 있도록 해야 한다. 그러나 날개를 퍼덕이며 앞으로 나아간다고 믿으면서 행여나 그대가 뒷걸음질 치지 않도록 기도하면서 성모 마리아의 은총을 간구해야 할 것이다. 그리고 나의 말로부터 네 마음이 떨어지지 않도록 애정을 지니고 나를 따르라."

그러고는 상 베르나르 역시 천상의 모후이신 성모 마리아께 기도를 드렸다.

"동정녀 어머니시여, 다른 어떤 피조물보다 겸허하시고 고귀하신 당신은 인류의 구원을 위해 예정된 분이십니다. 당신의 가슴속엔 하느님과 인간들 사이의 불같은 사랑이 있고, 그 사랑의 힘으로 이 신비스런 장미꽃이 피어날 수 있었습니다. 당신은 여기 천국에선 찬란한 사랑의 빛이시고, 저기 지상에선 마르지 않는 희망의 샘이십니다. 오, 권능하시고 위대하신 동정녀시여!"

이렇게 계속되는 기도를 통해 성 베르나르는 단테로 하여금 하느님을 완전히 깨달을 수 있도록 이끌어주는 힘을 갖게 해달라고 마리아께 간구했다.

그의 기도가 받아들여지면서 단테는 하느님께로 향했다. 최상의 행복이신 하느님을 완전하게 인식한다는 것이야말로 단테가 가지고 있는 소망 중의 소망인데, 그는 이제 소망의 실현에 직면해 있었다.

그때 성 베르나르가 그에게 높이 바라보라고 말하면

서 미소를 지었다. 단테는 시선을 들어 하느님께로 향하면서 하느님의 빛 속을 바라보았다. 그 순간 단테는 자신의 존재가 하느님을 바라보는 동안 명상의 열정이 넘쳐나는 것을 느꼈다. 의지의 목표인 모든 선이 하느님 안에 모여 있기 때문이었다.

"이제부터 나의 말은 내가 기억하는 것에 비유한다면, 엄마의 젖무덤에 아직도 제 혀를 적시는 어린애의 것보다 더 짧으리라. 그러기에 내가 바라보던 그 살아 있는 빛, 언제나 예전의 모습 그대로인 그 빛, 지고하신 빛의 깊고 투명한 본체 속에 빛나시는 삼위일체의 신비를 말로 다 표현할 수 없도다. 지존하신 환상 앞에 나 여기 힘을 잃었으나, 이미 나의 열망과 의지는 같은 방향으로 움직이는 바퀴와 같이 해와 별이 움직이는 사랑을 통해 새롭게 움직이고 있노라."

단테는 말을 맺었다.

작가와 작품에 대하여

신과 함께한 장편 서사시

서사시의 화자인 단테는 《신곡(神曲)》을 1307년경부터 쓰기 시작하여 몰년(沒年)인 1321년에 완성하였다. 조국 이탈리아에서 추방당해 방랑하던 시기에 무려 19년에 걸쳐 완성한 작품으로 《실락원》, 《천로역정》과 더불어 최고의 기독교 문학작품 중 하나로 평가되는 장편 서사시(敍事詩)이다.

《신곡》은 르네상스의 요람이며 유럽 중세학의 중심지였던 피렌체에서 귀족의 아들로 태어났으나 계모의 손에 키워지면서 모성애에 막연한 동경을 품었던 단테가 평생을 두고 사랑했던 베아트리체와 그녀의 죽음이 준 충격을 종교적 차원으로 승화시킨 작품이다.

작품 인물로 직접 등장한 단테가 서른다섯 살이 되

던 해 성(聖)금요일 전날 밤 어두운 숲에서 길을 잃고 헤매고 있을 때 마침 나타난 로마의 시인 베르길리우스의 안내로 지옥(地獄)과 연옥(煉獄)을 방문해 천태만상 인간들의 죄와 벌을 목격한 다음 구원의 여인인 베아트리체에게로 가고, 다시 그녀를 따라 천국에 이르러 성 베르나르의 안내로 천상 속에서 삼위일체의 신비를 맛보게 된다는 내용으로 7일 6시간 동안의 이야기다. 여기에는 단테의 해박한 지식 그의 자전적인 이야기, 당대의 정치 상황뿐 아니라 그리스도교가 삶의 틀이었던 중세의 세계관이 총체적으로 집약되어 있다.

우의적인 면에서 볼 때 《신곡》에 명문화된 여러 가지 체험은 파란만장한 인생체험을 통하여 단테 자신의 영혼의 성장과정을 나타낸 것이며, 망명 이후 심각한 정치적·윤리적·종교적 문제로 계속 고민했던 그가 자신의 양심과 영혼 속에서 그 해결 방법을 찾아내기까지의 이야기라고 할 수 있다.

《신곡》의 문학사적 가치는 여러 가지 면에서 빛난다. 먼저 신곡은 단테의 모국어인 이탈리아어로 쓰였다. 동시대의 작품들이 모두 라틴어로 쓰였다는 것을 생각하면 이것은 당시로사는 획기적인 시도였다 이 시도는 결국 다른 국가, 다른 작가들에게 큰 영향을 주어 유럽에 민족주의 물결이 일어날 수 있는 토대가 되었을 뿐만 아니라 각 민족의 언어가 발달할 수 있는 계기로 작용했다. 또한 이후 이탈리아의 문학은 라틴어로부터 분리, 국민문학으로 완성되었으니 결과적으로 단테는 국민문학의 비조(鼻祖, 시조)가 되었다.

르네상스의 3대 작가 중 한 사람, 세계 4대 시성 중 한 사람인 단테가 전해주는 지옥과 연옥, 천국의 이야기는 오늘을 사는 우리에게 어떻게 살아야 하는지를 분명한 목소리로 전해주고 있다.